葵すみれ
《2》
悪役令嬢は、婚約破棄してきた王子の娘に転生する
氷の貴公子と契約婚約して「ざまぁ」する
筈なのに、なぜか溺愛されています!?

エルヴィス
ローズブレイド公爵。
セシリアの婚約者。
故アデラインの義弟で
"氷の貴公子"。
セシリア
王女。
故アデラインの記憶がある。
"女神の加護"を受けていた
特別な娘。

ディラン
ケヴィンの息子。
ローバリーの
王子。
ハリー
ディランの
護衛???

ほぼ無意識に、
セシリアの手が
エルヴィスの頭に伸びる。
幼い子にするように、
よしよしと頭を撫でた。

「必ず受け止めます、
飛び降りてください！
今度は、必ずあなたを……！」

終わりを迎えるために、
一人で落ちていくのではない。
愛しい相手の腕に
飛び込んでいくだけで、
いわば新たな始まりとなる。

contents

【第一章】 嵐の前の静けさ 002

【第二章】 ローバリーの陰謀 011

【第三章】 使者の訪れ 025

【第四章】 炎の王子ディラン 041

【第五章】 嫉妬 074

【第六章】 思いがけない出会い 133

【第七章】 誘拐 158

【第八章】 問題解決 192

【第九章】 嵐の後 242

【番外編1】 ハリエットが得たもの 252

【番外編2】 護身術 273

【番外編3】 セシリアのお出かけ 285

悪役令嬢は、婚約破棄してきた王子の娘に転生する

氷の貴公子と契約婚約して「ざまぁ」する筈なのに、なぜか溺愛されています!?

葵すみれ　ill. 林マキ

《2》

【第一章】嵐の前の静けさ

王都のローズブレイド邸の図書室にて、セシリアはつま先立ちになって手を伸ばす。しかし、上の棚にある本には指先すら触れることがなく、ため息を漏らしながら足を戻した。

「やっぱり……身長が低いのね。あの頃は届いていたはずなのに……」

力なく手を下ろすと、セシリアは小さく呟く。

セシリアは以前、王子に婚約破棄されて自害した悪役令嬢と言われるアデラインの生まれ変わりであることを思い出した。

それも、婚約破棄してきた王子と、浮気相手の男爵令嬢の娘として生を受けていたのだ。

記憶を取り戻したセシリアは、前世の義弟と契約婚約をして復讐を果たし、アデラインの記憶は空へと帰っていったのだが、一度思い出した記憶は自分のものとして残っている。

アデラインはローズブレイド公爵家の長女で、かつてはこの図書室も利用していたが、上の棚の本を取ることに苦労した記憶は残っていない。セシリアの身長が低いのだろう。

しばし恨めしそうな眼差しを上の棚に向けていたセシリアだが、諦めて踏み台を探しに行こうとする。すると、大きな影が現れた。影から腕が伸びて、上の棚の本に触れる。

「お探しの本はこれですか？」

穏やかな声が、静かな図書室に響く。

「エルヴィス」

セシリアは少し驚きながら、現れた人物の名を呼ぶ。

それは前世の義弟にして、現在はローズブレイド公爵となっているエルヴィスだった。

長身の彼は軽々と本を取ると、セシリアに渡してくれる。

「ありがとうございます。お仕事が終わりましたの？」

まだ時間は夕方にならないくらいだ。エルヴィスは仕事で外出していたはずで、帰ってくるには少し早いと、セシリアは首を傾げる。

「あなたに会いたくて、早く帰ってきました。今日はあなたの誕生日ですから」

整った顔に優しい微笑みを浮かべながら、エルヴィスは囁く。

今や、契約婚約だったはずのエルヴィスとは、本当の恋人同士となっている。セシリアの十六歳の誕生日に合わせて結婚式を挙げるはずだったのだが……。

「そういえば、誕生日でしたのね……忙しくて、すっかり忘れていましたわ」

「あなたにそのような思いをさせてしまい、申し訳ありません。あの無能王……忙しいからと結婚式を延期させられただけでも腹立たしいのに、今度は隣国ローバリーからの使者が訪れるので、世話役をしろと言ってきましたよ」

エルヴィスは眉根を寄せながら言葉を吐き出す。

それを聞き、セシリアもわずかに眉根が寄ってしまう。

「まあ、隣国ローバリーからの使者？　何のために来ますの？」

「新王即位の祝いとして、災害対策の技術者を連れてやって来るそうです。女神の加護が失われた今、それ自体はありがたいものではありますが……裏では何を企んでいるのか……」

　うんざりしたように、エルヴィスは大きなため息を漏らす。

「どなたが来るかはわかっていますの？　まさか、ケヴィン陛下が……」

　隣国ローバリーの国王ケヴィンはアデラインに懸想し、その面影を持つセシリアにも執着していた。いつまでも悔恨に囚われているようで、解放されてほしいとセシリアは願う。

「いくら恥知らずの好色王でも、さすがに自国がごたごたしている状況では控えるくらいの分別はあったようです。第一王子だそうですよ」

　エルヴィスの答えを聞き、セシリアはひとまず胸を撫で下ろす。

「ローバリー国王は、国内で正妃を娶らされそうになっているという噂もあります。本当に正妃を迎えて、あなたや姉に対する執着を完全に捨て去ってくれると嬉しいのですが」

「そう、ですね……」

　苦い思いを噛み締めながら、セシリアは頷く。

「正直なところ、ローバリーの使者の世話役など受けたくはないのですが、仕方がないでしょうね。新王ジェームズ陛下は、信頼できる臣下が少ない。あなたの婚約者である私に押し付けようとするのは、理解できます」

　セシリアの父の弟である、叔父ジェームズはもともと王位を継ぐ気がなかったのだから、仕方のないことかもしれない。

「ジェームズ叔父さま以外の王族は、今や私とギルバートだけですものね。大貴族であるローズブレイド公爵を頼ろうとするのは、当然と言えば当然なのでしょうね……」

　諦めたようなエルヴィスと同じように、セシリアもそっと呟いて息を吐き出す。

　使者として訪れるのは、隣国の王族だ。その世話役となれるだけの地位があり、かつ新王ジェームズにとって信用できる者など、きわめて限られてしまう。

　セシリアもエルヴィスも心情的にどうあれ、断れないことはわかっていた。

「ただ、この件が片付けば結婚式を挙げてもよいとの言質は取ってきました。もう一息、乗り越えましょう」

　励ますように、エルヴィスは口元にやわらかい微笑みを浮かべる。

「そうですね。早く結婚式を挙げられるよう、頑張りましょう」

　セシリアも気持ちを切り替えて、明るい声を出す。これさえ終われば、やっと結婚式を挙げられるのだ。それを支えにするしかない。

「ところで、今日はまだお忙しいですか？　何か処理するものが残っているのであれば、私も手伝いましょう」

　話を切り替えるエルヴィスに対して、セシリアは首を横に振る。今、探していた本も急ぎのものではない。後で読めばよいだろう。

「いいえ、急ぎのものはありませんわ。どうかしましたの？」

「これから庭園を一緒に散策するのはいかがかと思いまして。本当は、もっと盛大にパーティーを行う予定だったのですが……せめて二人だけで、あなたの誕生日を祝いたいのです」

　エルヴィスは申し訳なさそうにセシリアを見つめてくる。その視線を受け止めると、セシリアは微笑んだ。

「王都に来る前、ローズブレイド領でお祝いしてもらったので、パーティーはなくても構いませんわ。あなたが祝ってくださるのなら、それで十分です」

　セシリアが答えると、エルヴィスは目を細めながら手を差し出してきた。その手を取り、二人は図書室を出て庭園に向かった。


　並んで歩くと、セシリアはエルヴィスとの身長差がかなりあることを実感する。

　これまでは、そのうち身長が伸びるだろうとあまり気にしたことはなかったが、セシリアは今日で十六歳だ。それなのに、エルヴィスと会ってから身長はほとんど変わっていない。今から急激に伸びるとは考えにくいだろう。

　セシリアの母であるヘレナは小柄で、父ローガンも身長は人並みといったところだ。もしかしたら、セシリアはこれ以上身長が伸びないのかもしれない。

「どうかしましたか？」

　セシリアの様子がおかしいと思ったのか、エルヴィスが心配そうに声をかけてくる。慌てて、セシリアは思考を打ち消した。

「い、いえ……ちょっと考えごとに沈んでしまいましたわ」

口元に笑みを浮かべてごまかすと、エルヴィスはまだ心配そうではあったが、それ以上は何も言わなかった。

小柄であっても、特に困るようなことはない。気にすることではないと己に言い聞かせ、セシリアはエルヴィスとの散策を楽しもうとする。

庭園では、さわやかな風が芳しい香りを運んでくる。ずっと室内に閉じこもっていたセシリアは、胸に解放感が広がっていく。少し沈んでいた心も、軽やかになっていくようだ。

「よい風ですわね……あら？」

風に吹かれて、一枚の花びらが舞っている。誘われるようにセシリアが追いかけていくと、ひらひらと漂っていた花びらは、噴水の上に舞い落ちた。

セシリアが噴水をのぞきこむと、何枚もの鮮やかな花びらが浮かんでいた。華やかな光景に、思わず口元がほころぶ。

「あ……」

ところが、水面に映る自分の姿を見て、セシリアは表情を雲らせる。

両サイドをリボンで結んだ髪型が、とても幼く見えたのだ。身長が低く、髪型も幼くては、子どものようにしか見えないだろう。

「どうしましたか？」

エルヴィスが気遣わしげな声をかけてくる。

水面の自分から顔を背けて、セシリアはエルヴィスを見上げた。長身で、涼やかな整った顔立ちの彼は、ただ立っているだけでも落ち着きと余裕がうかがえる。

　まさに、大人の男性といった佇まいだ。

　セシリアは、自分がエルヴィスの隣に立って釣り合っているのだろうかと、胸が苦しくなる。

「その……この髪型は、少し子どもっぽいかなと思いまして……リボンも……」

　ぼそぼそとセシリアが答えると、エルヴィスは軽く首を傾げる。そして、セシリアの蜂蜜色の髪に手を伸ばすと、片方のリボンに指をかけた。

「私はこの髪型も愛らしくて好きですが、気になるのでしたら別の髪型を試すのもよいと思いますよ。今のままでもあなたは魅力的ですが、新しい姿を見せてもらえるのも楽しみです」

　そう囁きながら、エルヴィスはリボンをするりとほどく。しなやかな指先から、赤い一本の線となって風に舞う。

「リボンがあれば可憐で、なければしっとりとした雰囲気になりますね。それぞれおもむきは異なっても、あなたが麗しいことに変わりはありません。あなたの隣に立つことを許される幸福を噛み締めていますよ。愛しています、セシリア」

「まあ……」

　率直な物言いに、セシリアは頬が熱くなっていくのを感じる。

　エルヴィスは、セシリアの不安を打ち消すように甘い言葉をいくつも与えてくれる。胸にぼんやりと広がっていた靄が、晴れていくようだ。

「私も……愛しています」

はにかみながら、セシリアもか細い声を出す。

すると、エルヴィスは微笑みながらセシリアの頬に手を添えた。

「十六歳の誕生日、おめでとうございます」

ゆっくりとエルヴィスの顔が近付いてきて、セシリアは目を閉じる。口付けを交わしながら、セシリアはしばし幸福に酔う。

やがて唇を離したとき、強い風が二人に吹き付けてきた。

「あ……」

エルヴィスの指先にあったリボンが、風にさらわれて飛んでいってしまう。しまったという顔をしながらエルヴィスが手を伸ばすが、もはや届かなかった。

すぐにエルヴィスは追いかけようとするが、セシリアは止める。

「替えもありますし、大丈夫ですわ。それよりも、雲行きが怪しくなってきたので、戻りませんか？」

セシリアは空を見上げ、わずかに眉根を寄せる。つい先ほどまで晴れていたはずの空は、暗い雲が立ちこめてきた。

「そうですね……申し訳ありません。雨が降る前に戻りましょう」

エルヴィスも空を確かめると、セシリアに手を差し出してくる。その手を取り、二人は寄り添いながら屋敷に戻っていく。

最初の不安は晴れ、幸福を実感することもできた。それなのに、今の天気のように嵐が忍び寄ってきているようで、セシリアは新たな不安を覚える。
恐れから逃れるように、セシリアはエルヴィスの手をぎゅっと握った。

第二章　ローバリーの陰謀

好色王と呼ばれるローバリー国王ケヴィンには、十二人の側妃がいる。全員が、こまかな色合いの違いはあれども、金色の髪と緑色の瞳の持ち主だ。

そのうちの数名が中庭に集まって、噂話に花を咲かせていた。穏やかな日差しの降り注ぐ午後で、彼女たちは華やかに装い、お茶を飲んでいる。

「陛下は、隣国の王女を正妃に迎えるのは諦めたのよね。私たち側妃を廃するという話はなくなったと安心してもいいのかしら」

かつて、ケヴィンは隣国の公爵令嬢アデラインに求婚したが、その行動がひとつのきっかけとなってアデラインは命を失ってしまった。それが彼の心に影を落として、彼はアデラインに似た面立ちの娘を求め続けたのだ。

そこに隣国の王女セシリアが現れた。アデラインの面影を持つ彼女に、ケヴィンはすっかり心を奪われてしまったのだ。

「どうなのかしらね。隣国の王女を正妃に迎えるだけなら大きな問題はなかったのに、側妃たちを廃するなんて陛下が言い出すから……」

「それも隣国の王女へのご機嫌取りでしょう？　そんなことのために私たちが犠牲になるなんて、おかしいわよ……！」

「隣国の王女さえ現れなければ、こんなことにはならなかったのに……。ああ、あの小娘さえいなければ……！」

側妃たちは、口々に不満を漏らした。

ケヴィンが決定すれば、それを側妃たちが覆すことはできない。それを知っているから、彼女たちはただ不満を口にすることでしか鬱憤を晴らせないのだ。

それでも、少し熱くなってしまったと気付いて、彼女たちは互いに顔を見合わせながら声をひそめた。

「……今さら別のところに嫁ぐなんて面倒だし、どうか廃さないでほしいわ」

「別の嫁ぎ先があるのならまだいいわ。下手をしたら修道院よ。そんなの冗談ではないわ」

「いっそ隣国の王女を……いえ、何でもないわ。さすがにそれは……」

「ええ、無理よねぇ」

不安そうなため息を漏らしながら、側妃たちは語り合う。

「かといって、今さら再び十二人で結束をといっても無理でしょうしね。陛下が側妃を廃さないと言った途端に手のひらをかえして、媚を売った方々もいるのですもの」

「そうね。せっかくディラン王子を擁立して同盟を結んだけれど、宙に浮いた状態になってしまったわ。すっかりバラバラになって……」

以前、ケヴィンの思惑を知った側妃たちは、廃されないために同盟を結んだのだ。そして、第一王子ディランを旗頭にして、ケヴィンから王位を奪おうとした。

　ところが、ケヴィンが隣国の王女セシリアを正妃に娶ることを諦め、それによって側妃たちを廃するという話も立ち消えたために、同盟は空中分解してしまった。

「今でも、陛下を王位から退けるべきという強硬派は何かを企んでいるみたいね。私たちのように割り切っている側妃たちと違って、年長の王子がいる方は……」

　この場にいる側妃たちは、穏健派と言われる者たちだった。

　彼女たちには王位継承に関われる王子がなく、国王の寵愛も半ば諦めている。静かに不自由なく暮らしていければそれでよいと願う者ばかりだ。

「年若い王子がいる方にしてみれば、仮に強硬派が処分されることになったら、我が子に順番が回ってくるかもしれないと考えるのも当然でしょうしね。陛下に媚を売ることで、自分の立場をよくしたいと思う気持ちもよくわかるわ」

「そうなると、結束どころか分裂するのも当然よね。派閥ができてしまうのも仕方がないわ。でも、このままではいけないことは確かだと思うのだけれど……」

「それなのだけれど」

　一人の側妃が、思わせぶりに言葉を切った。

「バートン公爵が息女のハリエットを、正妃として送り込もうとしているという話を聞いたのよ」

「えっ⁉」

　他の側妃たちは驚いて目を見張る。

ローバリー国では、正妃の息子が次代の王となるのが習わしだ。しかし現在、正妃はいないために、側妃の息子たちのいずれかからケヴィンの後継者が決まると目されている。

ところが、貴族たちの中には外戚の座を狙い、己の娘を正妃として送り込もうとしている者もいるのだ。正妃になった娘が男子を産めば、その子が次期国王となる。

側妃はケヴィンの一存で決められるため、身分がさほど高くない者が多い。貴族たちと側妃たちの仲は、決して良好とは言えなかった。

「ハリエット嬢といえば、武術に優れた男勝りとして有名な方ではありませんの」

「がさつで乱暴な振る舞いも多く、淑女らしからぬと評判の方が正妃だなんて……あのような、はしたない小娘が……」

側妃たちは眉をひそめながら、ハリエットの悪口を囁く。

「ただ、普段の行動がどうであろうと、ハリエット嬢は公爵令嬢よ。私たち側妃は、多くが下級貴族の者だわ。最高でも伯爵家出身ですもの。身分的には、ハリエット嬢は正妃としてふさわしいわ」

一人が口を開くと、他の者たちは口をつぐむ。気に入らないことではあるが、公爵令嬢という身分が正妃にふさわしいことは、疑いようがなかった。

「……ハリエット嬢が正妃になるのは、まあ仕方がないとして……問題は、それをきっかけに陛下が側妃を廃するとまた言い出すのではないかということよね」

側妃たちの間に、重たい空気が流れる。

「そうよね……ハリエット嬢も陛下お気に入りの金髪に緑色の瞳といえる色だし、正妃一人で十分と言い出すのはあり得るわ……」

「そういえば隣国の王女も、とても綺麗な金髪に緑色の瞳だそうね。陛下はいったい何なのかしらね……」

うんざりとしたため息が、いくつも漏れ出す。

「そうそう、隣国といえばディラン王子が使者として遣わされることになったそうね。新王即位のお祝いらしいけれど……隣国の王女と引き合わせるのが目的という噂もあるわ」

一人が口にした内容で、再び雰囲気が変わる。

「まさか……今度は息子の妃にと企んでいるのかしら……」

「あの陛下ならやりかねないわね……」

再び、ため息がその場を支配した。

「いつの間にか、ディラン王子を跡継ぎとして認めそうな雰囲気になっているのよね……あの捨て駒王子が」

ディランは第一王子ではあるが、その母は側妃の中でも最も身分の低い、田舎の男爵家出身だった。後ろ盾も何もない、立場の弱い王子だ。

そのためケヴィンにぶつけた後は、何らかの理由をつけて廃そうと側妃たちは考えていた。彼女らにとってディランは体のいい道具に過ぎなかったのだ。

「もしかしたら、陛下はディラン王子を隣国の王女と結婚させて、正式な跡継ぎにしようとしているのではないかしら」

「そうね……ディラン王子の母が最も身分の低い出身で、寵愛が薄いと言っても、第一王子ですものね……正妃がいない以上、十分にあり得るわ」

「ただ、そうなると……きっと側妃の誰かが動くわよね……」

それぞれ思いの丈を語り、危機感を強めていく。

側妃たちにとってディランは捨て駒でしかなかった。国王ケヴィンとの戦いで消耗した後に、本命の王子を王位に据えるつもりだったのだ。

ただ、本命の王子は側妃によってまちまちだったので、そうなれば新たな戦いが勃発していただろう。

「……陛下はどうして、それほど隣国の王女に執着するのかしら。ディラン王子がどうこうというより、隣国の王女が欲しいみたい」

一人が疑問を呟くと、他の側妃たちが苦笑する。

「あの陛下が何を考えているかなんて、わかったものではないわ」

「……そもそも、陛下が側妃を廃するなんて言い出さなければ、こんなことにはならなかったのよね」

一人の側妃の言葉が、全員の気持ちを代弁していた。

「もともと隣国の王太子の婚約破棄に乗じて、婚約者だった方を娶ろうとしたような人ですもの。人間、そう簡単には変わらないわよ」

昔、隣国の王太子が婚約者であるアデラインに婚約破棄を言い渡したとき、ケヴィンが突然アデラインに求婚したという話は、ローバリー国内の貴族の間では有名な話だった。

「婚約破棄といえば、先日はとある伯爵令息が婚約破棄を言い渡したそうよね。それも、大勢が集まるパーティーで宣言したとか」

「ええ、聞いたわ。しかも、仲睦まじいことで有名だった婚約者に対して、突然豹変したと……それまでそんな素振りもなかったそうよね」

「まったく、信じられない話だわ。そのような恥知らずな真似……伯爵令息の気が触れたとしか思えないわ」

側妃たちは憤りの声を上げる。

「そういえば、その伯爵令息……確か、第三側妃メリンダさまの甥だそうよね。第二王子の母の……」

一人の側妃が声をひそめて囁いたところで、足音が近付いてきた。これまで噂話に興じていた側妃たちは口をつぐむ。

「あら、ごきげんよう」

たった今、話題に上がったばかりの第三側妃メリンダが通りかかったのだ。彼女は微笑みながら声をかけると、優雅に中庭を横切っていく。

他の側妃たちは、黙ってメリンダの後ろ姿を見送ることしかできなかった。

‡

第三側妃メリンダは自室に戻ってくると、満足そうな笑みを浮かべた。

「あの子は無事にふさわしくない女と婚約破棄できて、よかったわ。私の甥なら、もっと私の役に立つ相手を娶ってもらわないと」

メリンダが薬瓶を手に椅子に腰掛けようとすると、ふと鏡に映った自分の姿が目に入ってくる。笑みを浮かべていたせいか、目元に皺が寄っている。口元は微笑みを形作っているはずなのに、自分でも酷薄な印象を受けた。

かつて、憧れていた若き国王に妃として迎えられると聞いて喜び、胸を高鳴らせて嫁いできた少女は、もうどこにもいない。

メリンダは目を伏せると、小さくため息をついた。

「……いいのよ。私には、これがあるわ」

薬瓶をそっと撫でて、メリンダは呟く。

「『女神の加護』……これさえあれば……」

‡

　ローバリー城内のある一室にて、一組の男女が向かい合って座っている。男は余裕のある笑みを浮かべていたが、女は緊張して体を強張らせていた。

「あからさまに警戒しているね。毛を逆立てた猫のようだ」

「……他国にもご高名が轟く陛下と二人きりという状況で、緊張しているだけです」

　堂々とした態度の男がからかうように言えば、女が居心地悪そうに答える。

　男は、ローバリー国王であるケヴィン。そして女は、バートン公爵家の長女ハリエットだ。三十代半ばのケヴィンに対して、ハリエットは十代半ばと、まるで親子のようでもある。

「これまで何回も会っているのに、その態度は少し傷付くな」

　そう言いつつ、ケヴィンはかけらも動じていないようで、口元の笑みは少しも崩れていない。

「……これまでとは、立場が違いますから」

　低く抑えた声でハリエットは呟くと、己の姿に目をやる。そして、自嘲するような笑みを浮かべた。

　やや茶色味のある金色の髪を綺麗に結い上げ、華やかなドレスを纏ったハリエットは、上級貴族の令嬢といった佇まいだ。しかし、どこか浮いて見える。

「そうだね。跡継ぎの座から生贄に転落した気分は、どうかな？　今さら弟君さえ生まれなければねえ……ああ、でもそのドレスはよく似合っているよ。これまで見たことがないような姿だから、新鮮だ。ドレスは着心地がよいかな？」

　ケヴィンが目を細めながら問いかけると、ハリエットは悔しそうに何かを言いかける。だが、途中で口をつぐみ、青がかった緑色の目でケヴィンを睨むだけに留めた。

「……意地の悪いことをおっしゃいますね」

「そりゃあ、性格が悪くないと、この国の王なんて務まらないからね。クズ野郎と呼んでくれても構わないよ。……面と向かってそう言ってきたのは、一人しかいないけれど」

肩をすくめながら、ケヴィンは呟く。最後のほうは小さな声で、ハリエットにはよく聞き取れなかったが、あえて何か尋ねることもなかった。

「みんな正妃の座を射止めようと必死なのに、あなたは興味がなさそうだね」

からかうようなケヴィンの言葉に対し、ハリエットの眉根がわずかに寄せられた。それを見たケヴィンは、面白がるように唇の端をつり上げる。

「正妃となれば、国一番の女性だ。そして男子を産めば、その子が次期国王となる。今は頭が上がらない父親相手にだって、好きに振る舞うことができるようになるよ」

穏やかにケヴィンがそう言うと、ハリエットは顔をしかめた。

「……今いる王子殿下たちはどうなるのですか」

しばし考えた後、探るようにハリエットは問いかける。

「通常は臣下に下るか、どこか婿にやるかだね。私としては正妃の子を支持するだろうから、他の息子たちは邪魔になるかもしれないな」

「ディラン王子は……」

「おや、あの子のことが気になるのかな？」

思わずといったようなハリエットの呟きを拾い、ケヴィンは楽しげに笑う。

「いえ、ただ、第一王子殿下ですから……」

歯切れ悪くハリエットは答えた。すると、ケヴィンはそれ以上追及することなく目を細める。

「あの子も側妃たちに利用されるなど、少し頼りないんだが……ちょっと変わってきたようだ。もうすぐ、隣国への使者に向かってもらうことにした」

「……それは存じております」

ややぶっきらぼうに答えるハリエットを見て、ケヴィンは薄く笑った。

「ところで、今話題の婚約破棄騒動は知っているかな」

ケヴィンは唐突に話題を変えた。

「……大勢の人々が集うパーティー会場で、人目もはばからずに婚約破棄を一方的に言い渡したという噂は聞いております」

訝しそうにしながらも、ハリエットは素直に応じる。

「それについて、どう思ったかな？」

「信じがたい愚行かと存じます。正気とは思えません」

ハリエットが思ったとおりに答えると、ケヴィンは満足そうに頷く。

「そう、正気とは思えない。まともな頭があれば、大勢の前で婚約破棄などせず、当事者だけで事を進めるだろう。……まあ、そうは言っても本当にやらかしたところを、私は見てしまったっことがあるが」

「それは……どういうことでしょうか」

「いや、すまない。忘れてくれ。とにかく、婚約破棄を言い渡した者が、まともな状態だったか怪しいということだ」

苦笑しながら、ケヴィンは言い繕う。

「そうだ、あなたは『女神の加護』について聞いたことがあるかな？」

くるくると話を変えるケヴィンに、ハリエットはやや混乱しながらも、なんとかついていこうとする。

「女神の加護……？　隣国にそのようなものがあるということくらいでしたら……しかし、最近は状況が変わったという話も……一日だけ女王が即位したという話も聞いております」

「……そう、隣国の女神の加護については、そのような感じだね。きっと、あなたなら他の貴族たちよりも、隣国のことを詳しく知っているだろうね」

にっこり笑って、ケヴィンは『女神の加護』の話題を切り上げる。

「それは、どういう……」

「あなたが何か企んでいることは知っているよ」

問いかけようとしたハリエットを、ケヴィンはやんわりと遮る。

ハリエットがはっと息をのんだ。

「今、我が国で起きている様々なことは、隣国と繋がっている。もちろん、あなたの企みも隣国と関わっているのだろう？」

何も言葉を返せないハリエットを見つめながら、ケヴィンは封筒を差し出した。

「あなたの企みの助けにするといい」

ケヴィンは口元に笑みを浮かべたまま、ハリエットを促す。

おそるおそるといった様子でハリエットは封筒を受け取り、中を見る。

「これは……」

ぽかんとした顔で、ハリエットは封筒とケヴィンを交互に見つめた。

「これを使えば、いくらでも隣国で悪だくみができる。使者団にあなたの手の者を紛れ込ませるのもよいだろう……たとえば、隣国使者のディランの護衛などどうだろう。時期的にもちょうどよいのではないかな」

封筒に視線を向け、にやりと笑うケヴィンを、ハリエットはしばし呆然と眺める。

ややあってハリエットは不審の眼差しをケヴィンに向け、眉間に皺を刻む。しかし、受け取った封筒は大事に抱え、返そうとはしない。

「……お咎めにはならないのですか？　それに、陛下に不利益をもたらすよう動くとは、思わないのでしょうか」

「そのときはそのときだよ。私の読みが甘かったというだけさ」

飄々とした態度で、ケヴィンは笑う。そして、軽く手を振った。

「あなたの好きにするといい。すべてを放り出して逃げるのならば、それでも構わないよ。ただ、何があなたにとって最良なのか、よく考えてみることだね」

それだけ言うと、ケヴィンは立ち上がり、部屋から出ていった。

ハリエットは無言のままその後ろ姿を見送った後、手元の封筒に目を向ける。しばらくじっと見つめていたが、やがて意を決したように立ち上がる。

そして、ケヴィンから渡された封筒を手に、ハリエットは歩き始めた。

第三章　使者の訪れ

好色王ケヴィンの息子である、ローバリー第一王子ディランが使者としてやってきた。

災害対策として連れてきた技術者たちは、王城で新たな技術者を育成するための教師をしつつ、現場にも向かうことになる。

実際にどのような思惑があるにせよ、災害対策の技術は助かることだ。使者を歓迎するパーティーが王城で開かれることとなった。

セシリアとエルヴィスも出席することになり、二人は控室でパーティーの始まりを待つ。

「ディラン王子は第一王子だけれども、王太子ではないのですね」

「ローバリー王家は我が国のように、長男相続と決まっているわけではありませんからね。国王の指名で決まるのです」

セシリアが疑問を漏らすと、エルヴィスが答えてくれる。

「通常は正妃の息子で、いなければ側妃が産んだ長男になることが多いようですけれどね。ディラン王子は現在、十七歳です。そろそろ決まってもおかしくない頃ですが、ディラン王子は母君が男爵令嬢で、立場が弱いようです」

「まあ、母君が男爵令嬢……」

少しだけ、セシリアの心が波立つ。セシリアの母ヘレナも男爵令嬢だったのだ。

「それは、肩身が狭そうですわね……」

まだ見たこともないディランへの同情がわき上がってくる。

王太子ローガンと真実の愛によって結ばれ、王太子妃となったヘレナだったが、周囲からはないがしろにされていた。その娘であるセシリアも見くびられ、侍女たちからもぞんざいな扱いを受けてきたものだ。

王太子宮に仕える侍女たちは、ヘレナとセシリアを『殿下』の敬称で呼ぶことはなかった。あからさまに王族からはずれた存在として扱い、ローガンもそれを黙認していた。ローガンのヘレナに対する愛が冷めていったせいもあるだろう。

「ローバリー国王には十二人もの側妃がいます。それでも――」

彼にとっての本命はアデラインだろう。側妃一人一人にどれほどの愛情が向けられているのかは、推して知るべしだ。

「ディラン王子の扱いも、おそらくよいものではないでしょう。ただ、ディラン王子は一時期、十二人の側妃たちによって擁立され、次期国王に最も近い存在でした」

「ケヴィン陛下が側妃を廃そうとしたとき、擁立されたのがディラン王子になりますのね」

以前、ケヴィンはセシリアを正妃として迎えようとした際、側妃たちを廃そうとした。側妃たちにしてみれば、たまったものではないだろう。

「もっとも、それで国王になったところで側妃たちの傀儡、あるいはごくわずかな在位期間で終わっていたでしょうけれど」

エルヴィスの声が、わずかにひそめられる。

その内容に、セシリアは思わず眉根を寄せてしまう。いわばディランは操り人形で、単なる駒でしかないということだ。

かつてセシリアも、ローガンの都合によって、結婚相手をあっさり替えられそうになったことがある。心のない物のように駒として扱われたことが、重なるようだ。

「……結局、ケヴィン陛下は側妃を廃さなかったのですわね」

浮かんできた過去を振り払い、セシリアは現在のことに考えを戻す。

すると、エルヴィスも頷く。

「そのため、側妃たちが結んだ同盟は宙に浮き、ディラン王子の立場も微妙なものになってしまいました」

「その状況で、今回の使者にディラン王子が選ばれるなんて……」

ディランの境遇を聞いて同情するところはあったが、それはそれとして、この国に何らかの問題を持ち込みそうなことは憂慮すべきことだ。

「ローバリー国王にも思惑がありそうですし、ディラン王子の動きも気になります。どうか気を付けてください」

心配そうに見つめてくるエルヴィスに、セシリアも頷く。

「ええ、あのケヴィン陛下の息子ですものね……気を付けませんと」

「もちろん、あなたの隣には私がいますし、離れるつもりはありません。それでも、油断はしないでくださいね。今日の着飾ったあなたは、咲き誇る薔薇の妖精のようです。たとえ何の思惑もなかったとしても、その美しさに心を奪われることは間違いないでしょう」

エルヴィスに甘く囁かれ、セシリアは顔が熱くなるのを感じる。

今日のセシリアは、華やかな薔薇色のドレスに身を包んでいる。

ふわりと広がったスカート部分はまるで大輪の花が咲いているようだった。

蜂蜜色の髪は結い上げられ、薔薇色のリボンで留めている。ゆるやかに波打つ髪の隙間から、細い首筋が見えた。

化粧もしっかり施され、普段よりは大人びて見えるだろう。

「も……もうそろそろ、パーティーが始まりますわ。行きましょう」

ごまかすようにセシリアがそう言うと、エルヴィスはくすりと笑う。

「そうですね。では、手を」

エルヴィスが手を差し出してきたので、セシリアはその手を取った。すると、エルヴィスはセシリアの手を持ち上げて、指先に唇を落とす。

「なっ……」

突然の行動にセシリアが驚いていると、エルヴィスは微笑む。

「私だけの可憐な姫君。どうか、私から離れないでくださいね」

甘い声音でそう言われて、セシリアの顔はさらに熱くなる。

「わ……わかっていますわ……早く行きましょう……！」

恥ずかしさにいてもたってもいられず、セシリアはエルヴィスを引っ張るようにして歩き出す。エルヴィスは何も言わず、軽く笑うだけだった。

パーティーは、他国の王族を歓迎するのにふさわしい華やかなものだった。

広間には、きらびやかな衣装を纏った貴族たちが集まっており、談笑している。楽団が奏でる音楽が、会場にゆったりとした雰囲気をもたらしていた。

セシリアとエルヴィスは、まずは寄ってくる貴族たちの挨拶を受ける。

現在、筆頭の大貴族といってもよいローズブレイド公爵にすり寄ってくる者は多い。かつて王家の末席として軽んじられていたセシリアも、今や元女王であり、高位の王族扱いだ。

その二人に挨拶をと群がる人々によって、セシリアはなかなか主役であるディランの姿を見ることができないでいた。ディランもまた、人々に囲まれているのでなおさらである。

「あら……？」

ディランの様子を探ろうとしたセシリアは、会場の端で何かを話している貴族二人の姿を見つけ、首を傾げる。

特におかしな光景でもないのだが、話している一人は、今は離宮送りになっている先々代の国王の派閥だった者で、今は失脚しているはずだ。

セシリアにも見覚えがあるくらいなので、以前はよく王城に顔を出していたのだろう。しかし、名前が浮かんでこない。

もう一人は、見たことがあるような気もするが、これといった印象がない。おそらく、上位の貴族ではないだろう。

セシリアは思い出そうと考え込む。

「疲れたでしょう、セシリア。少し移動しましょう」

そこにエルヴィスから声をかけられ、セシリアははっと我に返る。

「え……ええ、そうしましょう」

失脚したといっても、貴族位を剥奪されたわけではない。中心部からはずされただけなので、再び繋がりを得ようとパーティーに来るのは、おかしなことではないだろう。セシリアはいったん忘れることにして、頷く。

ちょうど寄ってくる人々が途切れたところを狙い、エルヴィスとセシリアは椅子の置かれた場所まで移動した。給仕が運んできた飲み物を受け取り、やっと少しだけ一息つく。

「セシリア、あちらをご覧ください」

エルヴィスの示した方向には、ディランがいた。群がっていた人々も落ち着いてきたようで、二人は遠巻きに使者であるディランの様子をうかがう。

連れてきた技術者たちを引き立てつつ、さりげなく自分の存在感も主張している。そつのない受け答えをしているらしく、周囲からの視線も好意的なようだ。

ただ、セシリアとエルヴィスにとっては、それ以上に気にかかることがあった。

「似ていますね……」

「ええ、そっくりですわね……」

二人はやや呆然としたように呟く。

ディランは、彼の父であるケヴィンにそっくりだったのだ。顔立ちも、色彩もよく似ている。赤い髪はケヴィンよりも鮮やかだったが、琥珀色の瞳は同じだ。まるで、ケヴィンが若返って現れたかのようだった。

「……気に入りませんね」

穏やかな微笑みを浮かべつつ、エルヴィスはぼそりとこぼす。

表面上は平静を保っていたが、これまでエルヴィスを見てきたセシリアには、彼がかなりの不快感を覚えていることがわかった。

セシリアもディランがケヴィンに似ていることで、より警戒心を強めた。だが、それでもエルヴィスの感情の強さには少し驚いてしまう。

すると、ディランが二人の視線に気付いたのか、近寄ってきた。

「初めてお目にかかります。ローバリー第一王子ディランと申します」

ディランはさわやかな笑みを浮かべながら、気さくに話しかけてくる。

「お初にお目にかかりますわ、ディラン王子。私は王女セシリアと申します」

セシリアはドレスの裾をつまんで優雅に挨拶をする。

「そしてこちらは、私の婚約者のローズブレイド公爵エルヴィスです」

婚約者だと強調して紹介すると、エルヴィスは完璧な笑顔でディランに微笑みながら、優雅に一礼した。

「初めまして、ディラン殿下。お世話役を仰せつかりました、ローズブレイドです。以後、よろしくお願いいたします」

よろしくしたくないと内心で思っているだろうエルヴィスは、あくまで友好的に見える態度を貫く。傍からは、穏やかで和やかな会話にしか見えないだろう。

「やはり、セシリア姫とローズブレイド公爵でしたか。先日は、父がご迷惑をおかけいたしました」

ディランはわずかに眉根を寄せて、謝罪の言葉を口にする。

セシリアとエルヴィスは驚き、思わず互いに視線を交わす。まさか、ディランがそのようなことを言ってくるとは思ってもいなかったのだ。

「特にセシリア姫は、大変ご不快だったかと存じます。二十歳も年齢差がある中年からの求婚など、悪夢だったでしょう。己の子よりも年下の姫君に懸想するなど、好色王と呼ばれる我が父ながら情けなく、恥じ入るばかりです」

セシリアやエルヴィスが何か言うより早く、ディランは申し訳なさそうにケヴィンの所業を詫びてくる。

口調にもケヴィンのことを疎ましく思っているような響きがあり、親子関係はあまりよくないのかもしれない。

ただ、どうやらディランはケヴィンよりまともな感性を持っているようだと、少しだけセシリアは安心する。似ているのは外見だけで、中身は違うのだろう。

「私ならばセシリア姫と一歳しか違わず、似合いの年頃です。どうでしょう、私の妃となってくださいませんか」

しかし、油断したところを後ろから斬りかかってくるような台詞が、ディランから放たれる。

ちょうど音楽が止んだタイミングだったこともあり、その言葉は思いのほか広間に響いてしまった。

セシリアはあっけに取られて固まり、周囲の人々も言葉を失う。

場が静まる中、エルヴィスが微笑みを崩さず、穏やかな声で言い放つ。

「ローバリー国の冗談は、この国にはなじみが薄いのです。婚約者が隣にいる場での求婚など、あり得ないことで冗談だとわかってはおります。ですが、この国では驚く者も多いので、控えていただけると幸いです」

「おや、婚約解消などよくあることですよ」

だが、ディランも動じることなく返す。

エルヴィスもディランもにこやかな表情のまま、険悪な雰囲気が漂う。

「ディラン殿下、次はあちらにもご挨拶を……」

お付きがやって来て、ディランを引っ張っていく。おとなしく連れていかれながらも、ディランは去り際にセシリアへと向けて片目をつぶってみせる。

セシリアは唖然としながら、外見だけではなく中身もケヴィンによく似ているようだと、そっと宙を仰いだ。

‡

その後は特に波乱もなく、パーティーは無事に終わった。

セシリアとエルヴィスは新王ジェームズに呼ばれ、別室に移る。

「ローバリーの使者の世話役など、辞退させていただきます」

開口一番、エルヴィスは硬い声でそう言い切った。

ある程度予想はしていたのか、ジェームズは苦笑しつつも、驚いたような様子はなかった。

「セシリアにいきなり求婚するような恥知らず、ローズブレイド家で預かるなど不可能です。他を当たってください」

もはや怒りを隠そうともしていないエルヴィスに、セシリアは目を見張る。彼がここまで怒りをあらわにするのは珍しい。

ただ、セシリアもディランをローズブレイド家で預かるのは不安だ。以前、ケヴィンはセシリアを得るため手段を選ばなかった。よく似ているディランが何をしでかすかがわからない。

「公の懸念も、もっともなことだ。隣国ローバリーでは、国王の後継者問題で陰謀が起きているらしい。今回、ディラン王子が後継者になるための後ろ盾に、妃としてセシリアを狙っている可能性もある」

頷きながら、ジェームズが口を開く。

思わず、セシリアとエルヴィスは顔を見合わせる。

ケヴィンはまだアデラインへの横恋慕が続いていたのだろうか。今度は違う手段で、アデラインの面影を持つセシリアを手に入れようとしているのかもしれない。また、ディランがそれを利用しようとしている可能性もあるだろう。

「ますます、そのような輩を近付けるわけにはいきませんね」

憶測を呟くジェームズに対し、エルヴィスはきっぱりと言い放つ。

「いや、むしろ手元に置いておいたほうが監視しやすいのではないか？　離れた場所だと、かえってどのような手を使うかわかったものではない」

ジェームズによる説得が始まった。エルヴィスは眉根を寄せたが、何も言うことはなく、続きを待っているようだ。

「私の臣下の中には面従腹背の者がいて、信用できない。王位が代替わりして間もなくで、まだ見極めもできていないのが現状だ。しかも、とある筋から国を裏切っている者がいるとの情報も得ている。ローバリーの陰謀と関連があるらしい」

穏やかではない内容に、セシリアは息をのむ。エルヴィスも眉間に皺を刻んでいた。

「公には国内の、裏切り者にも注意してほしい。ディラン王子に接触するかもしれない。どこかよそにディラン王子を預けた場合、実はそれが裏切り者で、余計に状況が悪化する可能性もある」

続く説得に、エルヴィスは不機嫌そうな顔をしたまま黙っている。

セシリアも非常に不本意だが、世話役を断るのは難しいだろう。他を当たってほしいと切実に思いつつ、それが叶えられるような状況ではないことも知っている。

「この件が解決すれば、盛大に結婚式を挙げてもらって構わない。そのためには、ディラン王子を手元に置いて探り、早めに終わらせてしまったほうがよいのではないか？」

とどめだと言わんばかりに、ジェームズは結婚式の話を持ち出す。

それでもエルヴィスは、口を開かなかった。断ることはできないとわかりつつ、納得しきれないようだ。

「セシリア、せっかくの結婚式が延期になってしまって、すまないな。早く結婚式を挙げたいだろう？」

今度は、セシリアにジェームズの矛先が向いた。

「は……はい……」

面食らいながらも、セシリアは素直に頷く。

「愛し合う二人が、早く正式に結ばれたいと思うのは、当然のことだ。二人にとっては憎い相手だろうが、私と妻マリエッタにもそういった時期があってね……」

ジェームズが遠い目をしながら、静かに語る。

「あ……」

気まずい思いがわき上がり、セシリアは目を伏せる。

ジェームズの妻であるマリエッタは、アデラインを殺し、セシリアの命も狙った。国のためにという理念のもと、手を汚すことをいとわない姿は非人間的で、得体の知れぬ恐怖を覚えたものだった。

だが、今のジェームズの口ぶりからすると、マリエッタにも人の心があったらしい。

「妻とは政略結婚だったが、婚約者時代から穏やかに愛を育んできた。炎のように燃え上がるわけではなく、温かい湯を冷める前に継ぎ足していくようなものではあったけれど、悪い夫婦ではなかっただろう」

独白のように、ジェームズは呟く。その姿には、哀愁が漂っているようだ。

「かつてはマリエッタも、可憐で儚げな令嬢だったのだ。か弱く、私が守ってやらねばと思っていた。それがいつの間にか、ああも恐ろしく……」

言葉を途切れさせた後、ジェームズは長い吐息を漏らす。

セシリアもエルヴィスも、何も口を挟むことができず、黙っていることしかできなかった。そのとおりですね、などと言える雰囲気ではない。

「今は神殿にて己の罪を償っているが、私の立場では会いに行くこともままならない。息子のギルバートは、女神の加護が失われた状況下の国を支えるにはあまりに頼りない。辺境の騎士団に預けて性根を叩き直してもらっているところだ」

言われて、今日のパーティーにギルバートの姿がなかったことを、セシリアは思い出す。体調不良だろうかと思い、さほど気に留めなかったのだが、再教育中のようだ。

　思えば、ギルバートは自惚れと思い込みが強く、残念なところがあった。女神の加護によって国が守られていた頃は、それでも王が務まったかもしれない。しかし、今は難しいだろう。

　次期国王となるのはギルバートだろうから、彼には頑張ってほしいところだ。

「妻も息子も遠く……これも私が今まで様々なことから目をそらしてきた結果、いわば罰なのだろう……情けないが、今の私に頼れる相手など……」

　悲しげに俯きながら、ジェームズはぼそぼそと呟く。

「まあ……」

　セシリアはしんみりとした気分になってしまう。

　もともとジェームズは王位など望んでいなかった。しかし、成り行きとはいえ即位してしまったので、責任を果たそうとしている。

　セシリアにとっては仇であるマリエッタだが、ジェームズにとっては連れ添った妻だ。処刑は免れて神殿預かりになったとはいえ、様々な葛藤があるだろう。その心を思うと、セシリアは哀れみを覚える。

　悲しげな顔をするセシリアを眺めて、とうとうエルヴィスが諦めたように、盛大なため息を吐き出した。

「……結婚式のこと、絶対に守っていただきます」

　エルヴィスが苦渋のにじむ声を出すと、ジェームズは顔を上げて満足そうな笑みを浮かべた。

「もちろん、約束は守る。誓約書を書いても構わない」

弾んだ声のジェームズを見て、セシリアもそっとため息を漏らす。どうやら泣き落としに引っかかってしまったらしい。

結局、予定どおりローズブレイド家でディランを預かることになってしまったのだ。

第四章　炎の王子ディラン

ローズブレイド公爵邸で、ローバリー第一王子ディランを預かることになった。護衛や従者たちも伴っているので、それなりの人数だ。

屋敷は慌ただしくなり、人の出入りも増えた。

貴人を預かることも、大人数を受け入れることも、ローズブレイド公爵邸にとっては何の問題もない。問題となっているのは、別のことだった。

「セシリア姫、今日のあなたは朝露に濡れた白薔薇のようにみずみずしく麗しいですね。どうかその手を取る栄誉をお与えください」

顔を合わせると、ディランはセシリアを口説いてくる。今日もまた始まったと、セシリアは遠い目になってしまう。

「あいにく、セシリアの手を取る栄誉は私のものです。行きましょう、セシリア」

そこにエルヴィスが割り込んできて、微笑みながらセシリアの手を取った。促されて、戸惑いながらもセシリアは一緒に歩き出す。

「それでは、また後ほど。次にお会いするときも、あなたの違った美しさを発見できると思えば、待つのすら楽しみです」

しかし、冷たくあしらわれながらも、ディランはめげない。にこやかな笑みを浮かべながら、手を振ってセシリアを見送る。

さすが好色王の息子だけのことはあると、セシリアは呆れつつ感心してしまう。セシリアの隣に婚約者であるエルヴィスがいるというのに、まったく気にする様子はないのだ。

ローズブレイド公爵邸にディランが滞在するようになってから、彼は人目もはばからずにセシリアを口説いてくるようになった。

もちろんセシリアにそれを受け入れるような気はかけらもなく、ディランの行動は後継者の座を得るためのものだということもわかっている。

だが、エルヴィスはディランにかなり苛立っているようだ。表面上は儀礼的な笑みを崩すことはないが、かなりあからさまな態度に出ることもある。

屋敷内には、緊張感が漂いつつあった。


「エルヴィス、ローバリーの陰謀について何か進展はありましたか？」

二人きりになったところで、セシリアとエルヴィスは声をひそめながら言葉を交わす。

「いいえ、残念ながらまだです。国内の貴族……特にローバリー貴族と血縁関係のある家を中心に調べていますが、今のところはたいしたことは出てきていません」

やはりまだ進展はないようだ。予想どおりではあったが、セシリアはわずかに眉根を寄せながら考え込む。

「……ディラン王子から直接探るというのが、近道ではないでしょうか」

ややあってセシリアが口を開くと、エルヴィスは眉間に皺を刻む。

「確かに、それはそうでしょうけれど……私が探ったところで、彼はまともに取り合わないだろうという確信がありますね」

ため息を漏らしながら、エルヴィスは呟く。

「それなら、私が……」

「やめてください」

言いかけたセシリアを、エルヴィスはきっぱりと遮る。

「あなたを口説いてくるような厚かましい輩に、あなたを近付けるなど危険です。本当は、あなたの姿を見せることすら不快です。できることなら、彼の滞在中は隠れていてほしいくらいですが……」

エルヴィスは困ったようにセシリアを見つめてくる。

しかし、セシリアはゆっくりと首を横に振った。

不安になるエルヴィスの気持ちは理解できる。だが、セシリアにはセシリアの意思があるのだ。閉じ込められるなど冗談ではない。

それに、そのようなことになっては目的から遠ざかってしまう。

「私が隠れたら、かえってあぶり出そうとして、何をしでかすかわかりませんわ。むしろ、正面から会って話したほうが、護衛や侍女だっているのですし、安全だと思いますわ」

「それは……しかし……」

納得しきれないようで、エルヴィスの眉間の皺が深くなる。

「この件が片付かないと、結婚式も挙げられませんわ。私は早く結婚式を挙げて、エルヴィスと正式な夫婦になりたいのです」

セシリアがまっすぐにエルヴィスを見つめると、彼は言葉に詰まった。ぐっと唇を引き結んで、何かを耐えているような表情を浮かべる。

「……わかりました。ですが、絶対に二人きりで会うことは控えてください。必ず、護衛や侍女を連れて会うようにしてください」

とうとうエルヴィスが折れた。ため息交じりに言葉を吐き出す。

「ええ、もちろんですわ。十分、気を付けます」

セシリアは微笑んで頷く。

これで、ローバリーの陰謀に近付けるかもしれない。それさえ解決すれば、誰はばかることなく結婚式を挙げられる。

セシリアの願いは、早くエルヴィスと結婚式を挙げることなのだ。花嫁として堂々と胸を張って、エルヴィスの隣に立ちたい。

「……監視をつけておかないと」

結婚式への希望に思いを馳せているセシリアには、エルヴィスがぼそりと呟いた言葉は届かなかった。

ディランから情報を引き出すにしても、いっそ会う場を設けてしまったほうがよいだろう。堂堂としていたほうが誤解を招きにくく、周囲の目もあるので、エルヴィスも少しは安心できるはずだ。

‡

そう考え、セシリアは使いを送ってディランをお茶に誘った。もちろんディランは快く応じ、庭園の小さなあずまやでお茶会が開かれる。

見晴らしがよく、人がひそめるような隠れ場所のない、密談に向いた場だ。ローズブレイド公爵領の邸宅にも、同じような場所がある。

「色とりどりの花に囲まれた、美しい場所ですね」

穏やかな笑みを浮かべながら、ディランはあずまやの周辺を見回す。

ディランがあずまやの中にある長椅子に腰掛けると、セシリアも反対側の長椅子に腰を下ろす。

すると、侍女が中央のテーブルにお茶の準備を始めた。

準備が終わると、侍女はあずまやの外に控える。セシリアとディラン双方の護衛も、数名が一緒に控えていた。二人の会話もしっかり聞こえる距離だ。

「こうしてお会いしてくださって、とても嬉しいです。俺のことを避けているのだとばかり思っていましたから」

にこにことしながら、ディランが口を開く。

それを聞き、セシリアは軽く首を傾げる。

「……俺？」

「ああ……喜びのあまり、つい素が出てしまったようです。実は、育ちがあまりよくないものでして」

ややはにかみながら、ディランは答える。

「育ちがよくないって……ディラン王子は、ローバリー第一王子ではありませんの？」

「確かに、それは間違っていません。ですが、俺はあまり望まれていなかったようでしてね。親父殿にもろくに顧みられることはなく、幼い頃はよく使用人たちに紛れて厨房で食事をあさったものです」

ディランはあっけらかんとしていたが、セシリアは絶句してしまう。

セシリアも幼い頃から両親に顧みられることなく、ないがしろにされてきた。だが、食べるものや着るものといった基本的なことは、困らない程度には与えられてきたのだ。

「俺の母は田舎の男爵家出身です。母にはよく、女として生まれてくればよかったのにと言われたものですよ。あなたと似ているとは思いませんか？」

まるでセシリアの心の奥底をのぞきこんだかのように、ディランが囁いてくる。

思わず、セシリアは胸のあたりを両手で押さえる。

セシリアの母ヘレナも田舎の男爵家出身だ。さらに、男として生まれてこなかったことを責められてきた。両親に顧みられなかったことといい、状況がよく似ている。

目の前にいるディランが、性別が異なるだけの、もう一人の自分のように思えてしまう。

「セシリア姫のことを聞いて、勝手ながら親近感を覚えていました。しかも、つらい境遇から己の才覚で這い上がったこと、感に堪えません。俺もそうありたいものです」

ディランは、セシリアが共感を覚えたことを察したのか、たたみかけてくる。

ただ、それだけではなく、言葉の奥にはうっすらとした野望がにじんでいるようでもあった。

セシリアは背筋が少しだけぞわぞわとする。

「お目にかかる前から焦がれていましたが、いざあなたを拝見すると、俺の想像力などちっぽけなものだったと感じ入るよりありません。思っていたよりもはるかに気高く、美しい姫を前にして、さらに深く心を射貫かれました」

熱のこもった視線を向け、ディランは情熱的に囁いてくる。

「まあ、お上手ですわね。ディラン王子は、婚約者はいらっしゃいませんの？」

口説かれるのは、想定内だ。セシリアは動じることなく、優雅に微笑んで問いかける。

「もちろん、おりません。立場の弱い俺に娘を嫁がせようと考える貴族など、いないでしょうしね。俺が今もまだ生きていることを不思議だと思っている方もいるでしょう」

ところが、さらりとディランが口にした内容は、なかなか物騒なものだった。

セシリアはそうした答えが返ってくるとは思わず、何も言えなくなってしまう。

「俺が邪魔だった方もいるようでしてね。幼い頃、住んでいた屋敷に火をつけられたこともあります」

「まあ……！　大丈夫でしたの？」

淡々と語られる内容に、セシリアは驚いて声を上げる。

「はい、だからここにいるんですよ」

にっこり笑いながら、ディランは答える。

「窓までたどり着けたのですが、恐ろしくてなかなか飛び降りられませんでした。もう危ないというときに、自分と似た年頃の少年から罵られて、ようやく意を決して飛び降りたのです」

「とび……おりた……」

「はい、そのときの恐怖は忘れられないですね。今も高いところは苦手です」

静かに語るディランを眺めながら、セシリアは胸が苦しくなってくる。

どうやらディランは、セシリア以上に過酷な環境だったようだ。セシリアは邪魔者扱いされたものの、命を狙われたことはない。

また、前世のアデラインの最期は、塔から突き落とされての転落死だった。高い塔から落ちていくときの記憶は、未だセシリアの中に残っている。

飛び降りるのが恐ろしかったというディランの気持ちは、とてもよくわかる。

「私も……高い場所は恐ろしいですわ……」

ぼそりとした呟きが、セシリアの口から漏れた。かすかに体が震える。

「セシリア姫……？　顔色がずいぶんと悪いですが……どうやら、好ましくない話をしてしまったようですね。申し訳ありません」

「い、いえ……ちょっと思い出してしまっただけで……たいしたことではありませんわ」

セシリアは慌てて否定するが、ディランはわずかに眉根を寄せつつ首を横に振った。

「無理なさらないでください。あなたの心を傷付けるような話題を口にしたのは、俺の失態です。許していただけませんか？」

「そんな……謝罪なんて必要ありませんわ。ディラン王子は何も悪く……あら？」

そこまで言いかけたところで、急に周辺が陰り始めた。セシリアは何事かと思って、空の様子をうかがう。いつの間にか、雲が出てきたらしい。それも、かなり分厚い灰色の雲だ。

「これはいけませんね。雨になりそうです」

ディランはあずまやの外に出て天を仰ぐと、そう呟く。

「それでしたら、室内に入りましょう。そちらでお茶の続きはいかがでしょうか」

「いいですね。では、まいりましょうか」

セシリアの提案に、ディランは嬉しそうな笑みを浮かべる。そして、二人は護衛や侍女たちを引き連れて、あずまやを離れた。

気まずい雰囲気になっていたので、仕切り直せるのはありがたかった。

歩きながら、セシリアは先ほどディランが語った内容を思い返す。

セシリアとの共通点が多く、同情と共感が心にわき起こってくるようだ。

ただ、おそらくはこれもディランの手口なのだろう。嘘を言っている様子はなかったが、セシリアの心を揺さぶるような話題を持ち出してきている。どうやらセシリアの育った環境について、調べてきているようだ。

なかなか油断ならない。セシリアは気を引き締めながら、足を進めた。

屋敷の部屋に入り、テーブルにつく。すると、すぐに侍女たちがお茶を用意してくれ、お菓子も並べられていった。

その頃には雨も降り始め、静かな音を立てて庭に降り注いでいた。

「降ってきましたね。あいにくの天気となりましたが、しっとりとした雨の中で、たおやかに咲く一輪の花のような、気高い姿を拝することができる俺は幸せ者です」

セシリアの姿を見ながら、ディランはにこやかに甘い言葉を吐き出した。

「……ありがとうございます」

やや面食らいながらも、セシリアは微笑む。きっとこれは、彼にとっては仕切り直しの挨拶のようなものなのだろう。

護衛や侍女は部屋の隅に控えているものの、会話は二人きりだ。先ほどのようにディランのペースにはまるのは避けたいと、セシリアは自分から口を開く。

「ディラン王子は、この国を訪れるのは今回が初めてですか？」

「はい。ローバリーを出ること自体、今回が初めてです。そこでこうして、一目見た瞬間から心奪われる姫君にお会いするなど、もはやこれは運命としか思えません」

ところが、ディランはすぐに主導権を奪おうとしてくる。

「……お上手ですこと。ディラン王子は、ケヴィン陛下に似ていらっしゃいますね」

　微笑みを崩さずにセシリアがそう言うと、ディランの表情が一瞬だけ引きつった。おそらくディランはケヴィンのことを嫌っているだろうというセシリアの読みは、当たったようだ。

　だが、すぐにディランは表情を元に戻し、唇の端をつり上げる。

「あのような男と一緒にされるのは心外ですね。まあ、顔が似ているのは認めますが……俺は、あんな何人もの側妃を持つようなことはしたくありません。生涯、一人と添い遂げたいのです。誰かを泣かせるなど、ごめんだ」

　かなり強い口調で、ディランは言い切る。表情は平静を装っていたが、隠しきれない苛立ちがにじんでいた。

　セシリアの予想以上に、ディランはケヴィンのことを憎んでいるようだ。もしかしたら、母である側妃の処遇に憤っているのかもしれない。

　まるで心の奥底で燃え盛る炎を垣間見たようで、セシリアは少し怯みそうになってしまう。

「……失礼しました。少々、熱くなってしまったようです」

　すると、ディランは決まりが悪そうな笑みを浮かべた。声からも刺々しさが消えている。

「ご存知ですか？　ローバリーの側妃は全員、金髪に緑色の瞳の持ち主なのですよ。俺の母も、そのために親父殿の目に留まってしまいました。もっとも、セシリア姫ほど綺麗な金髪に、鮮やかな緑色の瞳の者はいませんけれど」

　やや皮肉げに語られた言葉に、セシリアは驚愕のあまり言葉を失う。

その色彩はセシリアもそうだが、むしろケヴィンにとってはアデラインが大本だろう。ケヴィンは側妃にも、アデラインの面影を追っていたようだ。何という執着心だろうと、セシリアは背筋がぞくりと冷たくなる。

「実は、俺の目にも緑色が少しだけ混じっているのですよ。見てみてください」

そう言いながら、ディランはセシリアに顔を近付けてくる。まるで口付けするかのように迫ってきて、セシリアは息をのむ。

確かに間近で見ると、瞳孔の周辺に緑色が混ざっているようだったが、それどころではない。護衛や侍女がいる場で無体なことをしてくるとは思えないが、偶然を装ってセシリアに触れてくるくらいはあり得そうだ。

「……おっと」

その懸念は現実のものとなったようだ。ディランがバランスを崩して、セシリアに向かって倒れこんでくる。

セシリアはとっさに両手を突き出して、ディランを押し留めた。

明らかに、わざとだ。本当に倒れこんできたのならば、セシリアが簡単に支えられるはずがない。一緒に倒れていただろう。

「これは失礼しました」

いたずらっぽい笑みを浮かべながら、ディランは謝罪してくる。しかし、近付いたままで遠ざかろうとはしない。

それどころか、よりいっそう距離を詰めてくる。

「あ……あの……」

セシリアは焦りながら、ディランの胸板を押す。すると、それ以上接近してくることはなかったが、やはり離れようとはしない。

「セシリア姫の瞳は純粋で澄んでいて、とても美しいですね。この宝石のような瞳の中に、自分が映っていると思うと、嬉しくてたまりません」

うっとりと囁かれ、セシリアは戸惑う。

「ディラン王子……」

どうすれば穏便に引き離すことができるのだろうか。これ以上のことをしてくるとは考えにくいが、切り抜ける方法もなかなか浮かばない。

最悪は侍女や護衛に助けを求めるという手があるが、それをすればディランの面子を潰してしまう。また、おそらくディランはそこまでに至らないよう、計算しているはずだ。

セシリアは困り果ててしまう。

「失礼します……いったい、何をしているのですか?」

そこに部屋の扉が開いて、冷たい声が響く。まるで見計らっていたかのように、エルヴィスが現れたのだ。

セシリアはほっとして、安堵の吐息を漏らす。

「おや、ローズブレイド公爵。セシリア姫に、俺の目を見てもらっていたところですよ」

ようやくセシリアから離れながらも、ディランは悪びれることなく答える。

「ゴミならば、侍従に申し付ければよいでしょう。セシリアにそのようなものを見せるのは、おやめください」

冷淡な声で、エルヴィスはそう言い放つ。目にゴミが入ったのならば、という意味なのだろうが、その言い方ではディランの目がゴミであるかのようだ。

とはいえ、故意にそういった物言いをしているのだろう。セシリアは苦笑が浮かびそうになってしまう。

エルヴィスが現れて助かったものの、彼の態度もなかなかひどい。

「ところで、ローズブレイド公爵は何をしにいらしたのですか？」

まともに取り合うことなく、ディランはエルヴィスに煩わしい虫を見るような視線を向けつつ、質問を投げかける。

エルヴィスも、これくらいでは動じない。控えていた侍女に目配せすると、すぐにエルヴィスのための座席がひとつ用意される。

「セシリアのお茶の時間に、一緒に参加させてもらおうと思って来たのです」

堂々と座りながら、エルヴィスはさりげなくディランを参加者から除外しつつ答えた。

「そうでしたか。十代の若者二人で話していたところに、こうして年配者が加わられると、何を話してよいものかわからなくなりますね。若さゆえの不調法をお許しください」

エルヴィスもディランも表情こそにこやかだったが、見えない火花が散っている。

「お気になさらず。私とセシリアは問題なく会話できるので、ディラン王子は無理に加わる必要はありませんよ」

「さすがセシリア姫ですね。年配者との会話もそつなくこなすとは、教養がおありだ。ええと、ローズブレイド公爵の年齢は三十くらいでしたか？」

「……二十五です。もうじき二十六になりますが」

「ああ、これは失礼いたしました。四捨五入すると三十でしたね」

　いちおう謝罪しながらも、ディランは三十を強調する。

　エルヴィスの表情は落ち着いていたが、相当苛立っていることがセシリアにはわかった。

「セシリア姫とは十歳差ですか。まあ、うちの親父殿よりはマシですが……セシリア姫が最も美しく輝く年齢のときには、立派なおっさんですね」

「お……おっさん……？」

　あまりにも率直で無礼な言葉に、エルヴィスは目を白黒させる。

　ここまでエルヴィスが動揺をあらわにするのを、セシリアは初めて見た。しかし、話に割り込むこともできず、見守ることしかできない。

　エルヴィスもディランも、セシリアと話したいようなことを言っているのに、何故二人で会話しているのだろうか。そういった疑問も、ちらりと頭に浮かぶ。

「……ディラン殿下」

　そこに、控えていた護衛がそっとディランに近付き、耳打ちした。どうやら、言いすぎだとたしなめられているらしい。

　それを聞いてディランは小さくため息をつくと、立ち上がる。

「残念ですが、本日はこれにて失礼いたします。また、ゆっくりとお話ししましょう、セシリア姫」

　セシリアに微笑みを投げかけると、ディランは護衛たちを引き連れて部屋を出ていく。

　それを見送りながら、セシリアはふと護衛の一人に違和感を覚える。先ほどディランに耳打ちした、やや小柄な黒髪の護衛だ。

　だが、何に違和感を覚えたのかもわからないまま、ディランたちは去っていった。

　部屋にはセシリアとエルヴィスが残される。はっとして、セシリアはエルヴィスの様子をうかがった。さぞ、怒っていることだろう。

「おっさん……そうですよね、若き公爵など言われていましたが、それは公爵の座にあるには若いというだけで、実際の年齢はそこまででもないのでしたね……」

　ところが、エルヴィスは呆然としたまま呟くだけだった。

　思わず、セシリアはぎょっとしてしまう。エルヴィスはかなり打ちひしがれているようだ。いっそ、怒っているほうがマシなくらいだろう。

「エルヴィス、落ち着いてください。二十代半ばなんて、十分若いですわ。十歳差だって、別におかしなことではなく、よくあることですわ」

　セシリアは慰めつつ、どうしてこれほどエルヴィスが衝撃を受けるのかがよくわからない。

かつてセシリアが王立学園に通っていた頃も、エルヴィスは同級生たちの憧れの的だった。氷の貴公子として名高い彼を結婚相手として狙いつつ、誰も年齢差など気にしている者はいなかったはずだ。

身分と財産、美貌を兼ねそろえた大貴族という、非の打ち所がないエルヴィスが、この程度の年齢差を気にする理由が、セシリアには不明だ。

ただ、もしかしたら完璧であるがゆえに、かえってちょっとしたことが引っかかってしまうのかもしれない。

「……確かに、十歳差など政略結婚では珍しくもありませんが……しかし……何をどう努力したところで、年齢は覆らないのですよね……おっさん……」

力なく呻き、エルヴィスは長い吐息を漏らす。

これは相当重症のようだ。セシリアはどうすればよいものかと困り果てる。

「エルヴィス……」

年齢を重ねていることを気にしているはずなのに、今の落胆しているエルヴィスの姿は、むしろ幼く見えた。

ほぼ無意識に、セシリアの手がエルヴィスの頭に伸びる。幼い子にするように、よしよしと頭を撫でた。

控えている護衛や侍女たちが、動揺する気配が漂う。さすがに口に出してしまうような者はいなかったが、必死にこらえているようだ。

「あ……」

思ったよりもやわらかい黒髪の感触を手に覚えながら、セシリアは己の行いに戸惑う。

つい頭を撫でてしまったが、大人の男性であるエルヴィスに対して、失礼だったのではないだろうか。

しかし、エルヴィスは何も言うことなく、目を閉じて受け入れていた。その表情はとても穏やかに見え、拒絶されているようには感じない。

よいのだろうかとは思いながらも、セシリアはそのままエルヴィスの頭をしばし撫で続けた。

‡

「……疲れたわ」

自室で一人になり、セシリアはぐったりしながら呟いた。

すっかり意気消沈してしまったエルヴィスをなだめ、大きな収穫はないまま終わってしまった。

わかったことは、ディランがケヴィンのことをかなり嫌っていることと、ディランが想像以上に過酷な環境で育ったということ、そしてケヴィンのアデラインに対する執着が想像以上だったということだ。

あとは、エルヴィスとディランの相性が最悪だということくらいだろうか。

やはり、ケヴィンはアデラインへの横恋慕がまだ続いているのだろうか。ローバリーの陰謀とは、アデラインの生まれ変わりであるセシリアを得ることなのだろうか。

「ただ……ケヴィン陛下を嫌っているディラン王子が、素直に言うことを聞くかしら……きっと、他にも何かあるわね……」

ため息を漏らしながら、セシリアは呟く。

せっかくディランに接触しているのに、成果ははかばかしくない。エルヴィスの精神的苦痛がどんどん積み重なっていくだけだ。

「さすがに、おっさんと罵るのはひどいわよね……私の婚約者に対する侮辱なのだし、これは抗議しておかないと……」

陰謀を探るということから、ディランとは関係を悪化させたくない。だが、愛する人に対する侮辱を笑って受け入れることはできなかった。

「明日、ディラン王子と話してみましょう」

そう決意したとき、部屋の扉を叩く音が響いた。

「失礼いたします。セシリアさまにお手紙が届いております」

「ありがとう」

侍女から差し出された封筒を受け取り、セシリアは差出人を確認する。

「……え?」

思わず、セシリアは疑問の声を漏らしてしまう。

その手紙の差出人は、王都の大神官だったのだ。

「どうかなさいましたか？」

心配そうな表情で尋ねてくる侍女に、セシリアは微笑んで首を横に振る。

「いいえ、なんでもないわ。ご苦労さま」

侍女を部屋から下がらせると、セシリアは早速封を切る。そして、中に入っていた手紙を緊張しながら読み始めた。

「……なんだ」

読み終えると、セシリアはほっと息をつく。

大神官の手紙の内容は、神殿を訪れて祈りを捧げる姿を見せてほしいとのことだった。女神と対話したことのあるセシリアがそうすることによって、民の心が落ち着くのだという。

「そういえば、女神は眠っていることになっているのよね」

閉じ込められてこの国に加護を与えていた女神は、解放されて空に消えていった。しかし、対外的には眠っているだけで、消えてはいないことになっているのだ。

女神の加護が完全に失われたとなれば、混乱の元となる。そのため、いずれ女神が眠りから目覚めたときには、加護も復活するといったように見せかけているのだろう。

「形だけでも見せれば安心するのかしら。まあ、それくらい別に構わないけれど……」

考えてみれば、神殿を最後に訪れたのはかなり前だった。アデライン殺害犯であるマリエッタが神殿にいると思うと、自然と足が遠のいてしまうのだ。

しかし、セシリアが祈るだけで民の心が落ち着くというのなら、断る理由はない。

「ただ……ディラン王子が滞在している間は、ちょっと難しいかしら。せめて、ローバリーの陰謀についてもう少しわかれば……」

手紙には、なるべく早く来てほしいようなことが書かれていたが、さすがに今すぐというわけにもいかない。

セシリアは小さくため息をつき、手紙を引き出しにしまった。

‡

翌日、セシリアは護衛や侍女を伴って、ディランのもとを訪れた。

「セシリア姫から俺を訪ねてくださるなど、光栄です。可憐な妖精が幸福を運んできてくれたようで、胸が高鳴ります」

相変わらず、ディランはにこやかに甘い言葉を吐く。

セシリアは落ち着かない気持ちを抱えつつ、耳にかかった髪をかき上げる。

「おや、珍しい耳飾りですね。深みのある青というか緑というか……不思議な色です。セシリア姫の清らかな心と愛らしさを引き立てるようですよ」

髪の間からのぞいた耳飾りを目ざとく見つけ、ディランは微笑む。

「あ……ありがとうございます」

セシリアは礼を言いつつ、そっと髪で隠した。

「ところで、どのようなご用件でしょうか？　もしや、愛の告白ですか？」

冗談めかして言うディランだが、その瞳の奥には真剣な光が宿っているようだ。思わず、セシリアは目を伏せてしまう。

「……昨日のことで、ディラン王子に申し上げたいことがあります」

このまま流されてはいけない。セシリアは気を引き締めて顔を上げると、ディランを毅然と見つめて口を開いた。

「ああ……もしかして、ローズブレイド公爵に対する言葉のことですか？　俺も、言葉選びが悪かったと反省しています。申し訳ありませんでした」

ところが、ディランはセシリアが話すよりも前に、殊勝な態度を取る。

先手を打たれ、セシリアは何も言えなくなってしまう。

「おっさんという言葉は、品がありませんでしたね。育ちの悪さが出てしまったようです。ここは中年とか、年配といった言葉を使うべきでした」

ただ、ディランがエルヴィスを年寄り扱いする態度は変わらない。

本質は同じではないかと、セシリアはそっと額を押さえる。

「……エルヴィスは、私の婚約者です。彼に対する侮辱は、私に対する侮辱ですわ」

きっぱりとセシリアが言い切ると、ディランは少し困ったような表情を浮かべる。

「侮辱しているわけではないのです。ただ、ローズブレイド公爵とセシリア姫が十歳差というのは紛れもない事実ですよね」

ディランの言葉に、セシリアは黙ったまま何も答えない。年齢差のことは事実で、否定できることではなかった。

「俺ならば、セシリア姫とは一歳差です。共に、同じように年齢を重ねていくことができます。それに……俺と結婚したほうが、セシリア姫のためにもなるのですよ」

普段の口説くような物言いでありながら、ディランの声には切実な響きがあった。

「……どういうことですか？」

思わず、セシリアはわずかに眉をひそめる。

どうせいつもと同じ戯言だと切り捨てることはできないような、不吉な予感を覚える何かがあった。

「それは、ちょっとここでは……人払いをして、二人だけで話せませんか？」

ディランからまっすぐに見つめられ、セシリアは戸惑う。

二人だけで会うのは、危険だ。エルヴィスからも、必ず護衛や侍女を伴って会うようにと言われているが、それはセシリアも同感だった。

だが、ディランの表情は真剣で、単純にセシリアを口説こうとしているだけではないようにも見える。もしかしたら、陰謀に繋がる何かがあるのかもしれない。

「……庭園のあずまやで、護衛や侍女は遠くで控えていてもらうのはいかがですか？　姿は見えるけれど、声は聞こえないくらいの距離でしたら、会話の妨げにもならないかと」

考えて、セシリアは折衷案を出す。庭園のあずまやは、見晴らしのよい場所にある。完全に二人きりではないが、二人だけで話せる状況が可能だ。

「それでも構いません。甘い雰囲気に浸るのは難しそうですが、まずは二人だけで話すことから始めましょう」

にっこりと笑うディランを眺めながら、セシリアはこれでよかったのだろうかと、少し不安になってしまう。

早速、二人は庭園に向かった。昨日の雨は上がったが、まだ快晴とは言いがたい。白い雲が空を覆い、ぼんやりとした天気だ。

「ここで待っていてちょうだいね」

花々に囲まれたあずまやが遠くに見える場所で、護衛や侍女に控えていてもらうことにする。彼らは不安そうな表情ではあったが、セシリアの決定に異を唱えることはなかった。

「ディラン殿下、せめてもう少し近くで守らせていただかなければ……」

ところが、ローバリー側の護衛の一人がディランに物申した。

昨日もディランに何かを耳打ちしていた、やや小柄な黒髪の護衛だ。近くで見てみるとかなり若く、そういえば今の声も少し高めだったとセシリアは気付く。

もしかしたら、声変わり前の少年なのかもしれない。きりっとした目元が印象的な、整った顔立ちをしている。青みがかった緑色の瞳からは、強い意志のようなものを感じた。

「ハリー、そこで十分だ。控えよ」

「……はい」

静かではあるが、有無を言わさぬ口調でディランが命じると、黒髪の護衛は頷いた。どうやら彼は、ハリーという名のようだ。

「失礼しました。行きましょう、セシリア姫」

セシリアとディランは二人だけで、あずまやへと向かう。

「余計なことを言い出す者がいて、申し訳ありません」

歩きながら、ディランが詫びてくる。先ほどのハリーという護衛のことだろう。

セシリアは微笑みながら、首を横に振る。

「いいえ、それだけディラン王子のことを案じているのでしょう。主をしっかり守りたいという心の表れだと思いますわ」

「守りたい……そうだといいのですけれどね」

苦笑するディランを見て、セシリアは首を傾げる。何か含みがありそうな口調だ。

もしかしたら、ケヴィンからつけられた監視役なのだろうか。わずかに覚えた違和感は、そういったものなのかもしれない。

先ほど見た彼の顔立ちを思い返してみるが、やはりローバリーのもののようだった。

「それよりも、あずまやに着きましたよ」

セシリアが何か尋ねる前に、ディランが口を開いた。

「足下にお気を付けください。雨の後は滑りますから」

そう言って、ディランが手を差し出してくる。セシリアは戸惑ったが、ここで手を払いのけるのも失礼だろう。単なるエスコートだと、手を取る。

　思ったよりも硬い手の感触が伝わってきて、もしかしたらエルヴィスと同じように剣を握る手なのかもしれないと、セシリアはふと思う。

　そういえば、ディランはケヴィンよりも背が高いようで、エルヴィスとさほど変わらないくらいの長身だ。鍛えているのかもしれない。

「きゃっ……！」

　そのようなことを考えていたせいか、セシリアは足下への注意が散漫になっていたようだ。

　つるりと足を滑らせ、セシリアはバランスを崩してしまう。しかし、すぐに力強い腕に抱き留められた。

「大丈夫ですか？」

　間近で顔をのぞきこまれ、セシリアは息をのむ。

「あ……ありがとうございます……」

　慌てて体勢を立て直すと、セシリアはディランから離れた。心臓が早鐘を打っている。助けてくれただけとはいえ、抱き締められるような形になってしまったのだ。

　耳も熱くなっているような気がした。赤くなっているかもしれない。

「お怪我がなくて何よりです」

　にっこりと笑うディランは、何事もなかったかのようにあずまやの中に入る。

　セシリアは少し拍子抜けしてしまう。状況に付け込んでくると思ったのに、ディランは紳士的に振る舞うだけだ。

それがかえって何かあるようにも思えて、セシリアは落ち着かない気持ちになる。

あずまやに雨の名残は見当たらなかったが、どことなくひんやりとしていた。二日前と同じように、二人は向かい合って座る。

「ところで、先ほどのお話ですけれど……」

座るなり、動揺を隠すようにセシリアは口を開いた。ディランが口説いてくる前に、早く本題に入ってしまいたいのもある。

ディランは苦笑するが、遮るようなことはしなかった。諦めたように、息をひとつ吐く。

「……そうですね。大切なことですし、早くお話ししたほうがいいでしょう。実は、おそらく俺を狙う暗殺者がどこかにいると思うのです」

小声で囁かれた内容に、セシリアは息をのむ。あまりにも、穏やかではない。

「暗殺者……？」

ディランがローバリー国内で命を狙われていたという話は、昨日聞いたばかりだ。ただ、それは過去のことでもあり、まるで物語のようにも感じられた。それを今こうして聞くと、現実のことなのだと生々しく実感する。

思わずセシリアがその言葉をなぞると、ディランは神妙な顔で頷いた。

「親父殿があなたを娶ろうと、側妃たちを廃すると言い出したことは、ご存知かと思います。側妃たちは俺を擁立して、それに対抗しようとしました。しかし、結局は廃されることはなく、側妃たちの同盟も宙に浮いています」

　ディランが静かに語るのを、セシリアはじっと聞く。

すでに耳にしたことのある話ではあったが、当事者の口からも同じ内容が出てくることから、間違っていなかったようだ。

「もともと俺は捨て駒扱いで、親父殿にぶつけた後は適当に放り捨てるつもりだったのでしょう。それなのに今、俺はこうして他国の使者にされるくらい、目をかけられています。今や、俺も側妃たちの排除対象なのです」

　淡々とディランは語るが、セシリアは恐ろしくなってくる。ディランは微妙な立場にあるとは聞いていたが、想像以上に深刻な状況らしい。

「とまあ、ここまではある意味いつものことなので、別に構わないのですが……」

　ディランは言葉を区切り、申し訳なさそうな眼差しをセシリアに向けてきた。嫌な予感がセシリアの背筋を這い上がってくる。

「セシリア姫が狙われている可能性もあるのです」

　静かな囁きだったが、セシリアは胸を鋭い矢で貫かれたかのような衝撃を受ける。胸のあたりに空いた穴から体温が失われていくかのように、血の気が引いていく。

　あまりの内容に思考停止に陥りかけたものの、なんとか持ちこたえる。ここで気を失ってしまえば、話を聞くどころではなくなってしまうだろう。

「私……が……？」

愕然とセシリアが呟くと、ディランは痛ましそうな顔をしながらも頷く。

「俺がこの国にいるということは、親父殿が執着するあなたと目をかけている俺、両方を同時に葬る絶好の機会と考えているのかもしれません」

「ケヴィン陛下は、まだ私を……」

ケヴィンのアデラインに対する執着は、想像以上のものだった。その面影を持つセシリアのことも、未だに諦めきれていないのだろうか。

「俺にはそう見えます」

ディランは静かに頷く。

「ローバリーでは、側妃たちと貴族たちの間にも軋轢があります。この国からローバリーに嫁いできた者もいることから、国を超えて手を組み、俺たちを暗殺しようとしていることも考えられます」

「……この国にも、私を殺そうとしている者がいるということでしょうか？」

「先の王太子が廃された際にも、そのような輩がいたと聞き及んでおります」

ディランの言葉を聞きながら、セシリアはこの国にも裏切り者がいるという話を思い出す。

ローバリーの陰謀とも関連があるようだと、新王ジェームズは言っていた。もしかしたら、国内にセシリアの命を狙っている者がいるのだろうか。

以前、マリエッタに命を狙われたことを、セシリアは思い出す。しかし、その件はもう終わっているはずだ。

「そこで、俺と結婚すれば狙われることはなくなります。結婚しないままだと、セシリア姫も狙われ続けることになってしまいますよ」

ディランがたたみかけてくる。こうして結婚の話に繋がるようだが、何かがおかしい。セシリアは深呼吸をしながら、考える。

自分も暗殺対象らしいことはとても恐ろしく、気を抜けば震えてしまいそうだ。だが、それで道筋を見失ってはならないと、セシリアは己を奮い立たせる。

「……どうして、結婚すれば狙われることがなくなるのですか？」

小さな声でセシリアは問いかける。

もっとも大きな疑問はこれだ。もしかしたら、ディランがセシリアを得るために話を作っている可能性だってある。

「まずは、この国を出ることによって、国内の裏切り者の手からは逃れることができます」

ディランは落ち着き払って答えた。

結婚してディランの妃になれば、ローバリーに行くことになるだろう。そのために国内の貴族から狙われなくなるということだろうか。

納得できる内容ではあるが、まだそれだけでは不足だ。側妃たちからも狙われているというのなら、ローバリーに行ったところで安全にはならない。そのことはどうなるのだろうか。

すると、セシリアの疑問を読み取ったかのように、ディランが唇の端をつり上げた。

「そして、あなたを連れてローバリーに帰れば、俺は確固たる地位を築けます。そうすれば、俺を狙っている連中を消すことができます」

　穏やかな声が、ひどく酷薄に響く。

　はっきりと『消す』と言ったのだ。それも、あっさりと。

　思わず、セシリアの背筋がぞくりとする。いつも明るく振る舞っているディランの、心にひそむ暗い炎を見てしまったかのようだ。

「俺は親父殿とは違って、妃一人を生涯愛します。セシリア姫と俺は、似ていると思いませんか？　お互いを理解し合えると思うのですよ。セシリア姫の安全のためにも、どうか俺と結婚してください」

　真摯な眼差しを向け、ディランが求婚してくる。

　もちろんセシリアに求婚を受ける気はない。セシリアが愛しているのは、エルヴィスだけだ。

　しかし、それなのに断りの言葉がすぐに出てこない。

　セシリアの敵とディランの敵は、共通のものだ。彼にとっての敵を一掃するための申し出とも言えるだろう。

　かつてセシリアは王家の腫れ物扱いで、両親も使用人たちも周囲のすべてが敵だった。それが変わったのは、エルヴィスと手を組んでからだ。

　セシリアはエルヴィスと出会い、安寧を得た。今はとても幸せだと言える。しかし、同じ境遇であるディランはどうだろう。

　今のディランは、ローズブレイド邸に乗り込んだセシリアと同じなのではないだろうか。

エルヴィスとの契約婚約と、ディランがセシリアを妃に望むことは、同じことなのかもしれない。

そう考えると、ディランの手を振り払うということは、かつての自分を見捨てるような気がしてしまうのだ。ディランが、もう一人の自分のように感じられる。

エルヴィスがセシリアの手を取ってくれたことによって救われたように、今、ディランを救えるのはセシリアだけなのかもしれない。

しかし、この手を取ってしまえば、エルヴィスはどうなるのか。彼を失うことなど、セシリアには考えられない。

ディランに対して恋愛感情はないが、彼にも幸せになってほしいと願う気持ちがある。それによって、自分も救われるような気がするからだ。

かといって、エルヴィスとの未来が閉ざされることなど受け入れられない。そのようなことになれば、セシリアは生きていけないだろう。

どうしたらよいのか、何をするのが最善なのか、セシリアにはわからない。

第五章　嫉妬

あずまやでの求婚は、ディランが返事は今すぐとは言わないからと締めくくった。そこで話は終わり、二人はあずまやから戻る。

ほっとした様子の護衛や侍女に迎えられ、セシリアは彼らを伴って自室へと歩いていく。先ほどの話はとても衝撃的だったので、心を落ち着かせて考えたかったのだ。

ディランたちはまだ散策を続けるようだった。黒髪の護衛ハリーが遠くから見つめてきていたが、セシリアは気にする余裕もなかった。

ただ淡々と歩き、屋敷に入っていく。

「セシリア」

すると、自室の近くでエルヴィスに会った。

その姿を見た途端、セシリアは胸に安堵が広がって力が抜けていく。どうやら、自分でも気付かないうちに、かなり張り詰めてしまっていたらしい。

「昨日はお見苦しいところを……セシリア？」

言いかけたエルヴィスだが、途中で戸惑いの声をあげる。セシリアがそっと両腕をエルヴィスの背に回して、抱き着いたのだ。

もっとも、身長差があるために背に回したつもりが、腰のあたりになっている。

「……少し、こうしたくて」

セシリアはエルヴィスの胸に顔を埋めながら、呟く。

やはり先ほどの話は、かなり心の負担になっていたようだ。エルヴィスの温もりを感じていると、不安が薄らいでいく。

笑うような気配と共に、エルヴィスの腕もセシリアの背に回される。優しく包み込まれて、セシリアは幸福に酔う。

「……いっそ、こうしてあなたを腕の中に閉じ込めて、誰の目にも触れさせることなく、私だけのものにしてしまいたくなります」

ところが、かすれた声で囁かれて、セシリアはぎょっとしてしまう。

思わずエルヴィスを見上げると、口元には穏やかな微笑みをたたえていたが、目は笑っていない。真剣そのものだ。

これは下手をすると、本当に監禁されてしまうのではないだろうか。セシリアには、先ほどまでとは別の不安がよぎり、背筋が冷たくなる。

「あ……あの、お話ししたいことがあるのですけれど、お時間ありますか？」

慌てて雰囲気を変えようと、セシリアはエルヴィスに回した腕を戻して、切り出す。

「……大丈夫ですよ。では、移動しましょうか」

やや残念そうに微笑みながら、エルヴィスは答える。名残惜しそうにエルヴィスの腕がセシリアから離れていき、手が差し出された。

セシリアがその手を取ろうとしたところで、エルヴィスがふと眉根を寄せた。何かあったのだろうかとセシリアが首を傾げると、エルヴィスはセシリアの髪をかき分けて、左耳に手を伸ばしてくる。

耳に触れたエルヴィスの手がくすぐったくて、セシリアはぴくりと体を揺らす。

「こちらだけ、耳飾りがありませんね」

そう言われて、セシリアは己の左耳に触れてみる。すると、そこにあったはずの耳飾りの感触がなかった。反対側の耳に触れてみると、そちらはしっかりと耳飾りがついている。

「あら……どうして……あっ」

どうしたのかと考え、セシリアはあずまやで転びそうになったことを思い出す。ディランに支えられて転ぶことはなかったが、そのときに落としてしまったのかもしれない。

耳が熱いと思ったのは、耳飾りが外れた衝撃だったようだ。

「……落としてしまったようですわ。ごめんなさい」

セシリアはうなだれる。落としてしまった耳飾りは、エルヴィスから贈られたものだ。

それも、太陽の光の下にあるときと月明かりの下とでは色が変わるという、希少な宝石を使ったものだった。高価なものを落としてしまい、申し訳ない気持ちになる。

「気にしないでください。また贈らせてください。それとも、私が探しに行きますか？」

気落ちするセシリアとは対照的に、エルヴィスは優しく微笑む。その言葉に、セシリアは慌てて首を横に振った。

「い、いえ、後で私が探しますわ。エルヴィスはお忙しいのに、そのようなこと……」

「あなたのために時間を割くことは、私にとってとても幸せなことです。あなたのためなら、いくらでも時間を作れますよ」

そう言って、エルヴィスは愛おしそうな眼差しをセシリアに向ける。その瞳に見つめられると、セシリアの心臓がどきりと跳ね上がった。

「……ありがとうございます。でも、やっぱり後で私が探しますわ。今はそれよりも、あなたとお話ししたいのですもの」

頬が熱くなるのを感じながらも、セシリアは笑顔を作ってみせる。そしてエルヴィスを見上げると、彼も穏やかな笑みを浮かべていた。

「そうですか。では、移動しましょうか」

「はい」

再び差し出されたエルヴィスの手に、セシリアは自分の手を重ねた。

二人は別の部屋に移動すると、侍女がお茶の準備をする。それが終わると、エルヴィスが護衛や侍女を下がらせた。部屋にはセシリアとエルヴィスの二人きりとなる。

一口お茶を飲むと、セシリアは深呼吸して気持ちを切り替える。

「先ほどディラン王子とお話ししたのですけれど、やっぱり彼は王位を狙っているようでした。そのために、私を妃にしたいようです」

セシリアが語り始めると、エルヴィスは軽く眉根を寄せた。だが、遮ることはなく、続きを待っているようだ。

「そして、ディラン王子は暗殺者に狙われている可能性があるそうです。暗殺者はこの国の貴族とも関連があるかもしれないと……」

自分も暗殺対象らしいことは黙ったまま、セシリアはディランのことだけを話す。

本当は恐ろしいのだが、それを言ってしまった場合、セシリアは監禁されてしまう危険性がある。エルヴィスなら、それくらいのことはしてもおかしくない。

つい先ほど監禁を示唆する呟きを漏らしたときのエルヴィスの真剣な目を思い出すと、セシリアは己の懸念が真実味を帯びていくのを感じる。

暗殺対象らしいという恐怖と、監禁の恐怖を秤にかけたとき、わずかに後者のほうが重かった。今回の件から除外されて何も関われないことへの歯がゆさや、たとえ今回の件が解決してもそのまま閉じ込められるのではないかといった不安も含めてだ。

「……暗殺者は十分にあり得ると思っていましたが、国内の貴族とも関連ですか……ローバリーの第三側妃と血縁関係のある貴族もいますし、それもおかしくはないのかもしれませんね」

「ローバリーの第三側妃？」

「はい、第二王子を産んだ側妃ですね。一番、ディラン王子が邪魔な人物でしょう」

「……とても怪しくはありませんか？」

つい苦笑しながら、セシリアは呟く。国内の貴族のことがなかったとしても、ディランが消えれば最も得をする人物だろう。

「当然、真っ先に疑いました。ただ、第三側妃と血縁関係のある家は、たまに手紙をやり取りすることはあるものの、十年以上会ったことはないようでした。監視はしていますが、今のところ怪しい動きはないようです」

「それはどこの家ですの？」

「フィッツ子爵家ですね。穏健な中立派といえば聞こえはよいですが、実際は気の弱い日和見といったところでしょうか」

　どうやらエルヴィスからの評価は芳しくないようだ。ただ、気が弱いということは、大それたことを企む可能性は低いのではないだろうか。

　セシリアはフィッツ子爵家の存在は知っているが、顔は思い浮かばない。王城に頻繁に出入りする貴族ではないのだろう。

「そうですのね……他に怪しい国内の貴族はいますの？」

　ひとまず保留にしておくことにして、セシリアは続けて尋ねる。

「いくつか注視している家はありますが、今はどこも静かですね。少し動きがあったといえば、モラレス侯爵家くらいでしょうか」

「モラレス侯爵家？　それは確か、ギルバートの婚約者の……」

　セシリアは軽く首を傾げながら呟く。新王ジェームズの息子ギルバートは、モラレス侯爵家の令嬢と婚約していたはずだ。

「そうです。ただ、こちらはむしろローバリーが陰謀を企んでいると報告してきたそうです。モラレス侯爵家はローバリーの公爵家と縁戚だそうで、何かをつかんだようですね。現在の国王派筆頭とも言えますし、反逆者側ではないと考えていますが……」

言いながら、エルヴィスはそっとため息を漏らす。

モラレス侯爵家に対しても、まだ味方であるという確証がないのだろうか。

このまま順調に進めば次期国王はギルバートなので、モラレス侯爵令嬢は将来の王妃となる。それなのにジェームズの王座を脅かすようなことは考えにくい。

ただ、ディランの世話役をモラレス侯爵家にという話は、かけらもなかったはずだ。もしかしたら、そこに何らかの思惑があるのかもしれない。

「暗殺者のことは、屋敷内の警備を強化するようにしましょう。さすがに、この屋敷で死なれては困りますからね。あとはさっさと帰ってほしいものですが……」

話を元に戻し、エルヴィスは再びため息を漏らす。

「早く帰ってもらうのが一番なのでしょうけれど……ディラン王子は王位のために、私を連れて帰りたいようです。おそらく、ケヴィン陛下もそれを望んでいるのかと……アデラインに対する執着がとてもひどいようですし……」

ディランは、セシリアと結婚すれば王位を得られるようなことを匂わせていた。それはケヴィンの承認なしでは不可能だろう。

ということは、ケヴィンによって条件を出されているのかもしれない。

「それなのですけれど、私も最初はローバリー国王が姉に対する横恋慕から、事を進めているのかと思いました。しかし、それならばあなたを息子の妃にと望むでしょうか」

　エルヴィスが呟いた疑問に、セシリアははっとする。

　言われてみれば、確かにそのとおりだ。

　ただケヴィンのもとにセシリアを連れてこいといった内容ならばともかく、ディランは本気でセシリアを妃にしたいようだった。

　しかも、ディランの口ぶりからすると、それをケヴィンも推奨しているらしい。

「私を妃にしたいけれど、それはローバリー王家の誰かであればよくて……私そのものを狙っているというよりも、むしろ……」

　セシリアの頭に、大神官の手紙を読んだときのことが思い浮かぶ。

　神殿と同じく、まだセシリアに女神との繋がりがあると思われているのだとすれば……。

「おそらく、狙いは女神の加護でしょうね」

　セシリアの消えゆく呟きの先を、エルヴィスが拾い上げる。

「やはり、それですよね……」

　大きなため息と共に、セシリアは言葉を吐き出す。

　アデラインのことだけではなく、他にも何かがあるだろうとは予想がついていた。おそらく、それは女神の加護を扱う素質を持ったセシリアを得ることなのだろう。

「以前、ケヴィン陛下には、女神の加護を他の国にもたらすのであれば、私は命を失うことになると言ったら、諦めてくれたと思ったのですけれど……」

「あのときは確かに諦めたようでしたが……。対外的には、女神は眠っているとされていますが、もしかしたら……」

　エルヴィスが苦い笑みを浮かべる。

「女神が眠っている今ならば、問題ないと思われているのかもしれませんね……。実際に、女神がいない今なら……何事もなく国外に出られそうな気がしますわ」

　当時、女神は助けを求めていた。そのためにセシリアを国から出そうとしなかったのだろう。しかし、今はもう女神は嘆いていない。

「女神の加護なんて、もうどうにもなりませんのに……」

　封じられていた女神は、アデラインと共に空に帰っていったはずだ。セシリアには今さら何もできることはない。

「そういえば、叔父さまが持ち出した女神の加護についての本は、ケヴィン陛下に渡ったままで返ってきていないのでしたわね……」

　ふと思い出し、セシリアは呟く。

　かつて爵位争いに敗れて隣国ローバリーに亡命した叔父は、手土産に女神の加護について書かれた本を持ち出した。その本には、全素質の条件といった、ローズブレイドの図書室にはない情報が書かれていたはずだ。

「そうでしたね。女神が消えた今、もはや意味のない情報だと重要視していませんでしたが……もしかしたら、私たちが知らないことが書かれている可能性もありますね」

エルヴィスも神妙な顔で頷く。

「ディラン王子もその本の内容を知っていて、だからこそ私を狙う理由があるのかも……」

ケヴィンやディラン、そして国内の貴族の一部は、セシリアやエルヴィスの知らない女神の加護についての知識を持っているのかもしれない。その中にセシリアにできる何かがあり、だからこそ狙っているのだと考えれば、納得できる。

「どうにかディラン王子から聞き出せないかしら……」

考え込みながらセシリアが呟くと、エルヴィスが苦虫を噛み潰したような表情を浮かべる。

「……この後のことは、私に任せていただけませんか？」

苦しそうに要求されて、セシリアは戸惑う。

「え？　あ……何か、わかったことがありますの？」

しかし、すぐにエルヴィスが何かをつかんでいるのかと思いなおし、セシリアは問いかける。

「いえ、そういうわけではなく……」

歯切れ悪くエルヴィスは答えた。何かを言いたそうだが、迷っているようだ。

「では、どうしてですの？」

セシリアは首を傾げる。こうもエルヴィスが言いよどむのは珍しい。

「……ディラン王子と、これ以上会わないでほしいのです」

やがて、ぼそりとした声でエルヴィスは呟いた。

「私がディラン王子の企みを探ります。少し時間はかかってしまうかもしれませんが、それでもどうにかしますので……」

「時間がかかってしまっては、暗殺の危険度も増してしまいますわ」

暗殺者に狙われているのはディランだけではなく、セシリアもそうなのだ。決して他人事ではなかった。

ただ、それをエルヴィスに言うわけにはいかない。

「第一、結婚式も延びてしまうなんて嫌ですわ。エルヴィスは、結婚式を早く挙げたくはありませんの？」

「もちろん、私も早く結婚式を挙げたいです。ただ……それでも……」

エルヴィスは眉根を寄せながら、言葉を濁す。

やはりいつものエルヴィスとは様子が違うと、セシリアも軽く眉をひそめる。

セシリアとディランが会うのが嫌だというのは、理解できる。しかし、常に護衛や侍女を伴っていて、二人きりで会ったことはない。あずまやでディランと二人で話したときも、見える場所には護衛や侍女がいた。誤解されないよう、配慮はしている。

何より、セシリアがディランと会うのはローバリーの陰謀を探るためであって、ひいては早く解決してエルヴィスとの結婚式を挙げたいからだ。

すべては、エルヴィスとの将来のためといっても過言ではない。

やはりセシリアがディランから聞き出して、早期解決を図るほうがよいと思えた。そうすれば、セシリアの安全にも繋がるだろう。

「……ずいぶんと、ディラン王子のことを心配しているようですね」

そこに、やや拗ねたようなエルヴィスの呟きが響く。

不意をつかれて、セシリアは何も言葉が出てこなかった。

まさか、エルヴィスがこのようなことを言い出すとは思わなかったのだ。

「まるで我が事のように案じているように見受けられます」

「それは……」

とっさに何も言い返すことができず、セシリアは口ごもる。

暗殺は実際に我が事なのだ。ディランのことをそこまで考えているわけではないのだが、それを説明することができない。

すると、セシリアの戸惑いを肯定と取ったのか、エルヴィスは口元に寂しそうな微笑みを浮かべる。

「……そうですね。考えてみれば、ディラン王子はあなたと何もかもが釣り合っていますね。私よりも、ずっと」

「それは……どういうことですか?」

愕然としながら、セシリアはエルヴィスを見つめる。彼が何を言っているのか、よくわからない。それでも考えて、ふと思い当たることがあった。

「まさか……エルヴィスと私が釣り合わないと……」

唇を噛んで俯きながら、セシリアは呟く。

幼く見えるセシリアでは、大人の男性であるエルヴィスの隣に立って、釣り合っているのだろうかとは以前にも不安を覚えたことだ。

まさか、本当はエルヴィスも心の底では、そのことを不満に思っていたというのだろうか。もっと大人びていて、美しい女性のほうがよかったと思っているのだろうか。

セシリアは膝の上の拳をぐっと握り締め、こぼれ落ちそうになる涙をこらえる。

「あなたもそう思っていましたか……」

苦笑しながら、エルヴィスは椅子から立ち上がると、セシリアの前にやってきた。

セシリアは顔を上げ、潤んだ瞳をエルヴィスに向ける。

その途端、エルヴィスはセシリアに口付けてきた。それも、いつものような優しいものではなく、性急で荒っぽさすら感じられる。

驚きのあまり、セシリアは目を見開いたまま、固まってしまう。このように強引にされたのは、初めてだ。

そのようなセシリアの戸惑いなどお構いなしに、エルヴィスは貪るように何度も角度を変えながら口付けてくる。

「んっ……」

まともに息をすることもできず、セシリアは苦しくなって身をよじる。

すると、ようやくエルヴィスが唇を離した。だが、完全に離れることはせず、今度は唇をセシリアの首筋へと滑らせていく。

「なっ……なに、を……？」

セシリアは戸惑いの声を漏らす。首に口付けられるのも、初めてのことだ。エルヴィスが何をしようとしているのか、どういった意図があるのか、わからない。

頭がぼんやりして、思考が働かない。まるで現実ではないようだ。ただひとつわかることは、自分が今、とても混乱しているということだけだった。

「……いっそ、このまま強引にあなたを奪い、私のものだと刻みつけてしまえば、この焦燥から逃れられるのでしょうか。釣り合わないと言っても、諦めが……」

苦渋をにじませながら呟くエルヴィスだが、途中ではっとしたように身を離す。そして、気まずそうな表情でセシリアを見下ろした。

「……申し訳ありません。どうかしていたようです。くだらないことを言った上に、このようなことを……完全に冷静さを欠いていました。頭を冷やしてきます」

強張った声でそう言うと、エルヴィスは足早に部屋を出ていった。

セシリアは何もすることができず、ただ呆然とそれを見送るだけだ。

誰もいない部屋に一人残され、セシリアの瞳から涙がこぼれ落ちる。

くだらないことを言ったと詫びていたが、エルヴィスは釣り合わないと思っていることを否定はしなかった。それどころか、強く肯定したようなものだ。

もしかして、エルヴィスは心変わりしてしまったのだろうか。

「いえ、そんなはずはないわ……」

弱気になる自分を戒め、セシリアは涙を拭く。

口付けてきたということは、セシリアのことを嫌いになったわけではないだろう。普段と違う行為で、よくわからないことを言っていたが、それも釣り合わないという思いから生じたものであるはずだ。

先ほどのエルヴィスは、少しこわかった。あまり思い出したくないセシリアは、深く考えることを拒否する。

幼く見えるセシリアが、エルヴィスと釣り合っていないことが問題なのだ。それだけに意識を向けることにする。

「子どもっぽいというのなら、幼く見えないようにすればいいだけよ。釣り合って見えるようになればいいのですもの」

見た目の問題だというのなら、改善すればよいだけだ。セシリアはどうすれば大人びて見えるのかについて、考え始めた。

‡

「……これはひどいわ」

鏡を見ながら、セシリアは愕然とした声を漏らす。

アデラインが十五、六歳頃のドレスが屋敷に残されていたので、着てみたのだ。

かつてのアデラインの記憶では、幼いとか子どもっぽいなど言われたことはない。大人びていると言われたことは幾度となくあったはずだ。

昔のドレスは体を締め付けるしっかりとしたものが多く、それを着れば幼さを払拭できるのではないかと考えたのだが、甘かった。

まず、丈が合わない。もともと長いドレスではあるが、引きずってしまう。さらに、胸のあたりはぶかぶかで、己の体が貧相なのだと思い知らされる。

「かえって子どもが背伸びしているみたい……」

セシリアは大きなため息を吐き出す。

以前、ケヴィンに嫁がされそうになったときに、アデラインの時代と同じドレスを着せられたことがあったが、それはセシリアに合わせて仕立て直されていたのだろう。実はきめ細やかな気遣いがあったのだと、今さら気付く。

だからといって、ありがたくもないし、嬉しくもないが。

「やっぱり、髪型よね」

気持ちを切り替え、ドレスのことは諦めて次に移る。

髪型を変えることで、イメージもかなり変化するだろう。髪をアップにすれば、上品な大人の印象になるはずだ。上方向に巻き上げていけば、身長の低さも少しはごまかせるかもしれない。

侍女に手伝ってもらい、セシリアは新しい髪型を試してみる。

「……道化師？」

鏡に映った自分を見て、セシリアは眉根を寄せる。

上方に向けて盛り上げすぎてしまったらしい。頭が塔のようになっている。華麗さで人目をひくというより、滑稽さで人を笑わせるような姿だ。

「これもダメだわ……それなら、いっそ濃いお化粧を……」

セシリアは悩み、どんどん深みにはまっていく。

「あの……セシリアさま。恐れながら、いきなり大きく変えすぎてしまうと、混乱のもとでございます。ますは、たとえばいつものリボンを真珠の髪留めにしてみるといった、小さなことから試していってはいかがでしょうか？」

これまで黙って手伝ってくれていた侍女が、とうとう耐えかねたように口を開いた。

「真珠の髪留め……そうね、いきなり大きく変わると、慣れていないから実際以上におかしく見えてしまうものかもしれないわね」

少し考え、セシリアは頷く。突然がらりと変わってしまっては、印象は強くなるかもしれないが、望んだとおりの効果が得られるとは限らないだろう。

セシリアが納得したことで、侍女はほっとしたように真珠の髪飾りを持ってくる。まるで、気が変わらないうちに進めてしまおうといった素早さだ。

結局はいつもの髪型のまま、リボンを真珠の髪留めに変えたことで、セシリア変身計画は終わった。鏡を見てもしっくりくる。

ただ、それは大きな変化がないということでもあるだろう。

「……自分に似合っていて、それでいて印象を変えるのって難しいわね」

長い息を吐き出しながら、セシリアは宙を見上げた。

ただ、こうしているうちに気分はだいぶん落ち着いてきた。同時に、今は大変な時期なのに何をしているのだろうといった疑問もわいてくる。

「でも……」

セシリアにとっては、本当にいるかどうかわからない暗殺者よりも、エルヴィスの心が離れていくかもしれないことのほうが、恐ろしい。その恐怖から逃れるために、少しでもできることをしておきたかった。

「……そうだわ、運動をすればいいのよ」

名案を思いついたと、セシリアはぽんと手を叩いて口元をほころばせる。

見事なスタイルだったアデラインは、護身術を学んでいた。適度な運動によって、体型を保っていたのだろう。

護身術を学ぶことによって、暗殺者から身を守ることにも繋がるはずだ。

さらに、よく食べてよく運動することにより、身長が伸びるかもしれない。時間はかかるが、一時的なものではなく、永続的な効果が得られるだろう。

セシリアは一筋の光明を見出し、やっと気持ちが晴れてきた。

‡

少しだけ気分が上向いたセシリアは、衣装室から移動する。

「王女殿下」

すると、廊下で声をかけられた。ローバリーの護衛ハリーだ。それもディランの側にいるでもなく、一人で立っている。

セシリアの側に控えている護衛と侍女が、警戒するように一歩前に出た。

「どうかしましたか？」

やや戸惑いながらも、セシリアは問いかける。

「庭園のあずまやで、耳飾りを拾いました。もしかしたら、王女殿下の物ではないかと思いまして」

そう言ってハリーが差し出した手には、確かに見覚えのある耳飾りがあった。落とした場所も庭園のあずまやだろうと思っていたので、間違いない。

「ええ、私のですわ。ありがとうございます」

微笑んでセシリアが礼を言うと、ハリーは侍女に耳飾りを差し出した。侍女がそれを受け取り、セシリアに渡す。

「助かりましたわ。でも、よく私の物だとわかりましたね」

受け取った耳飾りを確認しながら、セシリアはハリーに声をかける。

「先ほど、庭園のあずまやでディラン殿下とお話しされていたときに、落とされたように見えましたので」

ハリーの答えを聞き、セシリアは納得しつつ、驚く。

「……目がよいのですね」

庭園で護衛たちが控えていたのは、あずまやからかなり離れた場所だった。耳飾りのような小さな物がはっきり見えるとは思わなかったのだ。

「いえ、実は何かが光ったような気がしただけなのです。ただ、後から探してみると耳飾りがあって、しかも希少な光華石を使ったものでしたから、王女殿下の物だと思いました。並みの貴族では手が届かないような品ですから」

「まあ、そうでしたのね」

頷きながらも、セシリアは不思議に思う。

耳飾りはエルヴィスから贈られたものだったが、セシリアは光華石のことを知らなかった。とても希少で、価値が高いものだという。ハリーの言ったとおり、並みの貴族では手が届かないような品だ。

そのような物を、どうしてハリーが知っているのだろうか。ローバリーではもう少し出回っているのだろうかとも思ったが、ディランもこの宝石が何か知らなかったはずだ。

ディランはよい扱いを受けていなかったようなので、宝石とは縁が遠かったのかもしれない。

そこまで考えたところで、セシリアはふと思いつく。

「……ハリーさまは、大貴族のご出身ですか？」

王族の護衛なのだから、おそらく貴族出身ではあるのだろう。ハリーはまだ少年ながら堂々とした態度で、所作にも気品がある。一介の護衛とは思えない雰囲気があった。

「いいえ。私は子爵家の出身です。ただ、父の仕事の関係で、王城へ出入りする機会が多かったのです。そのときに、いろいろなものを見聞きいたしました」

「そうでしたのね」

どことなく釈然としないものを感じつつも、セシリアはそれ以上追及しなかった。それよりも気になることがある。

「私に、何かご用がおありですか？」

わざわざ直接届けにきたということは、セシリアに尋ねたいことでもあるのではないかと予想できた。そうでなければ、ディランに渡せばすむ話だ。そのほうが、ディランにとってはセシリアと会う口実になり、ハリーの点数稼ぎにもなるだろう。

セシリアの言葉に、これまで表情に乏しかったハリーが、苦笑いを浮かべる。どうやら図星だったようだ。

「……質問させていただいてもよろしいでしょうか」

少しだけためらう様子を見せた後、ハリーはそう切り出す。

「ええ、構いませんわ。答えられるとは限りませんが」

セシリアが微笑んで了承すると、ハリーはわずかにほっとした表情になった。そして、姿勢を改めると、まっすぐに視線を向けてくる。

「王女殿下は、自ら女王の座を退いたと聞いております。それも、女神の怒りを鎮めるために己の身を投げうち、その結果として力を失ったためだと。我が身を犠牲にしながら、あるべき座を追われ……悔しくはなかったのですか？　つらくなかったのですか？」

真剣な眼差しで問われた内容は、あまりにも予想外のもので、セシリアはすぐに反応できなかった。ただ唖然とハリーを見つめる。

質問というのなら、ディランに関することだろうと思ったのだ。まさか女王の座について聞かれるなど、想像すらしていなかった。

「……女王の座は、私にとってあるべき場所ではありませんでした。今こそが、私のいるべき場所なのです。未練も後悔もありませんわ」

本心から、セシリアはそう答える。

そもそも女王の座など、本当に望んだことはなかった。目的を達成するために必要だったので、一時期はその座を目指したこともあったが、むしろ本当は女王になどなりたくない。

セシリアはローズブレイド公爵夫人として、エルヴィスと寄り添うことができればよいのだ。他のことなど何も求めていない。

「どうして、そのようなことが……」

ハリーは信じられないといった顔になり、声を震わせる。しかし、微笑むセシリアの目に偽りがないと感じ取ったのか、ゆっくりと息をつく。

「……失礼なことをお尋ねいたしました」

謝罪するハリーに、セシリアは首を横に振る。

「いいえ、気になさらないでください。私にとって大切なことは、これから進む道をよりよくするということです。そのために、できることをしているだけですわ」

セシリアが微笑みながら告げると、ハリーは驚いたように目を見張る。そのまましばしセシリアを見つめた後、ハリーは深く頭を下げた。

「お時間を取らせて申し訳ありませんでした。それでは、失礼させていただきます」

ハリーは再び丁寧に挨拶をして去っていく。

セシリアはその後ろ姿を見送りながら、今のはいったい何だったのだろうと首を傾げていた。

‡

夕食の席にエルヴィスの姿はなく、午後から王城に出かけて、まだ帰ってきていないという。

一人寂しく食事を終えると、セシリアは自室に戻る。

「お仕事が忙しいのは本当だろうけれど……やっぱり、避けられているわよね……」

もしかしたら夕食の席で、仲直りできるかもしれないという期待があったのだ。だがそれも叶うことがなく、セシリアはがっくりと肩を落とす。

エルヴィスは王城に呼び出されることもあるだろうし、忙しくしているのはわかっている。しかし、それ以上に今はセシリアと顔を合わせたくないのだろうと察せられて、また悲しさが増した。

「私のためなら、いくらでも時間を作れるって言ったくせに……」

つい恨みがましい声が漏れてしまう。

「……いいえ、こんなことを言っても仕方がないわ。明日、自分から会いに行きましょう」

セシリアはそう決心すると、就寝の準備を始める。少し早いが、疲れたので早めに休んでしまおうと思ったのだ。

すると、扉を叩く音が聞こえてきた。

「はい？」

まさかエルヴィスかと期待して、セシリアは返事をする。しかし現れたのは、メイドだった。

「失礼いたします。旦那さまの言いつけで、美容品をお持ちいたしました」

「まあ、ありがとう。そこに置いておいて」

セシリアの言葉に従って、メイドが化粧水やクリームなどを置いていく。それが終わると、彼女は一礼して退出した。

現れたのがエルヴィスではなかったのは残念だったが、それでも彼が気にかけてくれているのだと、嬉しくなる。仲直りのきっかけのプレゼントなのかもしれない。

「せっかくだし、使ってみようかしら。あまり見ない色ね……」

美容品を手に取って、セシリアはしげしげと見つめる。どれも濃い緑色をしていて、普段使っているものとはまったく違う。

「珍しいものなのかしら？　……薬草のような香りね」

鼻先に近付けてみると、青々とした若草のような、すっきりとした鋭い香りがする。しかし嫌な匂いではなく、むしろさわやかな感じだ。

ただ、美容品というよりはむしろ傷薬に近いような気がする。セシリアが少し首を傾げていると、容器にラベルが貼られていることに気付いた。

「……若々しいお肌に。諦めていた潤いとハリを取り戻す……ええ……？」

ラベルを読んでいるうちに、だんだんとセシリアの眉間に皺が寄っていく。

「これはどういうこと……？　私には必要なさそうなのだけれど……」

どう見ても年配者向けの美容品だ。十六歳のセシリアのためにわざわざ用意したとは思えない。しかも、セシリアは幼く見えるのが問題ではなかっただろうか。

「何かの手違い？　それとも、まさか……他にこれを贈るような女性がいて、その人に渡すために用意していたのかしら……」

そこまで考えたところで、急に胸の奥がきゅっと痛くなった。

浮気という言葉が頭に浮かんできて、セシリアは慌てて打ち消す。エルヴィスに限って、そのようなことはないはずだ。

今は少し気まずくなっているが、これまでエルヴィスはセシリアに愛を囁き続けてきた。他の女の影などなかったはずだ。セシリアが学生時代に同級生から聞いた噂話でも、言い寄る令嬢は数あれども、誰も相手にされていなかったという。

だからきっと大丈夫だと、セシリアは自分に言い聞かせる。

それでもなかなか不安が消えずにいると、再び扉が叩かれた。

今度は誰だろうと身構えると、入ってきたのはメイド長のマーサだった。

「失礼いたします。先ほどメイドが持ってきた美容品ですが、商人から間違って届けられたものでしたので、回収させていただきますね。申し訳ございません」

「ああ……そういうことだったのね。気にしないでちょうだい」

セシリアはほっとして微笑む。やはり手違いだったのだ。

「もしエルヴィスが浮気していて、その相手に贈ろうとしているのだったらどうしようかと思ってしまったわ」

安堵のあまり、セシリアはついそのような言葉を漏らしてしまう。マーサは長くローズブレイド家に仕えていて、信頼のおける人物だ。そのため、口も軽くなってしまったらしい。

すると、美容品を丁寧に回収していたマーサの手が止まった。

「……旦那さまが浮気ですか？　そのようなことはあり得ませんよ。旦那さまはセシリアさま一筋ですから」

驚いたように目を見開いて、マーサは断言する。そして、呆れた様子でため息をついた。

「まったく……旦那さまにも困ったものですね。セシリアさまを不安にさせるなんて。ただ、旦那さまも戸惑っておいでなのでしょう。何せ、恋愛経験がない方ですから」

「そ……そうなの？」

　意外すぎて、セシリアは思わず聞き返してしまった。いつも余裕があって、大人の男性といった雰囲気のエルヴィスからは想像できない。

「今はともかく、学生時代に浮いた話のひとつもなかったのかしら……？」

　詳しい話を聞いたことはなかったが、エルヴィスも王立学園に通っていたはずだ。女子生徒からの人気は高かっただろうし、言い寄ってくる者もいただろう。

　学園という空間で、少しくらい恋心を抱くことはなかったのだろうか。

「旦那さまは早期卒業していらっしゃいますよ。学園に通っている時間など惜しい、とのことで……早期卒業制度自体が、旦那さまのために作られたものだそうです」

「まあ……そうだったの」

　セシリアも利用した早期卒業制度だったが、エルヴィスのために作られたとは知らなかった。思えば、制度ができたのは十年ほど前だそうなので、時期が合っている。

「旦那さまは幼い頃から苦労なさっていますからね。若くしてローズブレイド家を継ぎ、その後もただひとつの目的に向かって突き進み続けてこられたのです。誰かを好きになる暇もなかったでしょうし、恋をすることもなかったのでしょう」

「そう……そうよね……」

　そっと胸を押さえながら、セシリアは頷く。

アデラインが亡くなってから、エルヴィスは怒涛の人生だったのだ。叔父と爵位争いを繰り広げ、無事に当主となってからも家を立て直すために忙しかった。さらに、アデラインの復讐を果たすために奔走してもいた。

　そのような彼に、色恋の時間などあるはずもない。

「もしかして……私が初めての恋の相手ということなのかしら？」

「はい、もちろんです」

　ふと思いついた呟きを迷いなく肯定されて、セシリアの顔が熱くなる。

「そうだったの……初恋の相手が私だったのね」

　改めて考えると、とても恥ずかしくて照れてしまう。しかしそれ以上に嬉しい気持ちもあって、自然と笑みがこぼれた。

「ですので、旦那さまはまだまだ子どもなのですよ。もちろん当主としてはご立派でございますが……一人の男としては未熟な部分があるのだと、セシリアさまが教えて差し上げてくださいませ」

「……わかったわ。明日、きちんと話してみるわ」

　セシリアの言葉を聞いて、マーサは安心した表情を浮かべる。そして、美容品を片付けると部屋を出ていった。

　一人になったセシリアは、ベッドに腰掛けて先ほどのことを思い出す。

「でも、あの美容品……どうして間違えたのかしら？」

ローズブレイド邸に出入りする商人なら、今この屋敷に年配の女性がいないことを知っているはずだ。それなのに、どうして若返りの美容品を持ってきたのだろう。

「もしかして、使用人向けのもの……？　それにしては高価そうな気もするけれど……まさか、本当に……いいえ、そんなはずはないわ。よくわからないわね」

首を傾げながらも、セシリアは明日に備えて眠りにつくのだった。

‡

翌朝、セシリアは騎士たちの訓練場に向かった。

ローズブレイド領では、エルヴィスもよく騎士たちと一緒に訓練していた。王都のローズブレイド邸にも訓練場はある。きっと、今も朝は訓練しているだろう。

気まずくなってしまったエルヴィスと、護身術を学びたいという願いをきっかけに、関係を改善できないだろうかという期待があった。

動きやすい服装で、気合も十分だ。

訓練場に近付いてくると、金属のぶつかり合う音や、怒鳴り声が聞こえてくる。セシリアは隠れるように、そっと様子をうかがう。

「……いたわ、エルヴィス……え？」

訓練している騎士たちの中に、エルヴィスの姿を見つけることができた。だが、その隣に予想外の人物がいたのだ。

ローバリーのやや小柄な黒髪の護衛、ハリーが訓練に参加している。

意外だと、セシリアは驚く。だが、ハリーは護衛だ。ローズブレイドの騎士たちの訓練に加わっていても、さほどおかしなことではないのかもしれない。

そう考えて納得したセシリアだが、次の瞬間には息をのむ。

「なによ、あれ……」

ぼそりとした呟きを漏らし、セシリアは陰に身をひそめながら立ち尽くした。

エルヴィスがハリーと何かを話しながら、笑い合っていたのだ。

よく考えれば、別におかしなことでもないだろう。エルヴィスは騎士たちとも気安い関係を築いていたのだし、他国の護衛相手に気さくに振る舞っても不思議ではない。ちょっとした冗談を言って笑うことなど、よくあることだろう。

それなのにセシリアは、エルヴィスがハリーに笑いかけている姿を見ただけで、胸に黒い靄のようなものが広がっていく。

昨日、少し考えてしまった浮気という言葉が、再び頭によみがえってくる。

セシリアは自分でも戸惑う。これでエルヴィスが美しい令嬢に微笑みかけているのだとすれば、嫉妬するのは当然かもしれない。

だが、相手は他国の護衛で、少年だ。

「どうして、こんな……」

混乱したセシリアは、訓練場に背を向けて走り出す。自分の心がよくわからない。とにかく原因となる光景から、遠ざかりたかった。

「セシリアさま⁉」

少し離れて様子をうかがっていた護衛と侍女が、セシリアを追いかけ始める。

普段ならすぐに追いつかれていただろうが、今のセシリアは護身術を習うため、動きやすい服装と靴だった。さらに、ローズブレイド邸をよく知るアデラインの記憶が、無意識のうちに最適な逃げ道へと導く。

その結果、セシリアは護衛と侍女を引き離してしまったのだ。気が付けば、訓練場を離れて庭園にまで出ていた。

「あ……」

我に返り、セシリアは焦る。今は危険な状況だというのに、一人で行動してしまった。

また、そうしてしまった自分が不可解だ。エルヴィスが護衛の少年と笑い合っていただけで、どうしてこうも動揺してしまったのだろうか。

ただ、二人が並んでいる姿が、釣り合って見えてしまったのだ。ハリーは男性としては小柄だが、女性としてならば長身だろう。あれくらいの身長があれば、自分もエルヴィスと釣り合って見えたのにと、悔しい思いがわき上がってくる。

「セシリア姫……？」

物思いに沈んでいたところに声をかけられて、セシリアはびくりと身をすくませる。

まさか暗殺者だろうかと怯えながらも、おそるおそる声の方向に振り返ると、そこにはディランの姿があった。セシリアはほっと胸を撫で下ろす。

「まさか、このようなところで……しかも、その愛らしくも勇ましいお姿は、それほど急いで俺のところに駆けてきてくださったということですか？」

ディランは少し驚いたようではあったが、すぐに甘い笑みを浮かべる。

「これは……」

「セシリア姫が俺と同じ気持ちだとは、この上ない幸福です。いっそこのまま、ローバリーまで共にまいりましょう」

「だから……」

「結婚式の衣装には、そういった活動的な服装を取り入れるのもよいかもしれませんね。二人を結び付けた、運命の象徴として」

「私の話を……」

安心したのも束の間、ディランはセシリアの言うことなど聞くことなく、勝手に話を進めていく。セシリアは困り果ててしまう。

「……ただ、急いで俺に会いに来てくださったのは光栄ですが、一人で行動するのは感心しませんね。暗殺者がどこにいるのかわからないことは、お忘れなく」

すると、ディランは声をひそめて囁いてきた。口元には笑みを浮かべたままだったが、目は笑っていない。

セシリアははっとして、ディランを見つめる。彼の後ろに控えている護衛たちは、何も聞こえていないようにただ立っていた。

その中には当然ながらハリーの姿はない。そのことに気付くと、セシリアには先ほどの記憶がよみがえってきて、暗い気持ちになっていく。

「あの、ハリーという護衛は……」

何を言いたいのかもわからないまま、セシリアの口からまとまりのない言葉が出てくる。

だが、その名を聞いたディランの表情が一瞬、強張った。

「……まさか、奴が何か怪しい動きをしましたか？」

「それはどういう……」

真剣な表情で問いかけられ、セシリアは怯む。

「セシリアさま！」

そこに、先ほど置き去りにしてしまった護衛が追いついてきた。セシリアはディランに問いかけるタイミングを失ってしまう。

ややあって侍女もやってくる。その泣き出してしまいそうなほどの憂い顔を見ると、セシリアは罪悪感が襲いかかってきた。

「ごめんなさい……勝手に行ってしまって……」

セシリアがうなだれると、侍女は表情をやわらげる。

「何事もなくて幸いでございました」

ちらりとディランに視線を走らせてから、侍女は微笑んでそう言った。

「さて、それでは一緒に散策しましょう。できれば、このままローバリーに一緒に戻りたいところではありますが」

ディランは当然のように、セシリアの横に並んでゆっくりと歩き出す。

つられて、セシリアも一緒に歩いてしまう。少し離れて、護衛と侍女もついてくる。

「……ディラン王子は、いつお戻りになる予定ですか？」

予想外の出来事ではあったが、この際だとセシリアは質問を切り出す。つい、早く帰ってほしいという気持ちが前面に出てしまったかもしれない。

ディランが連れてきた技術者たちは、それぞれ役目を果たしている。彼がいつまでも留まっている必要はないはずだ。

「あなたが結婚に承諾してくだされば、すぐにでも」

ところが、ディランはにこやかに答えるだけだ。

「……どうして、私を妃に望むのですか？」

「それはもちろん、一目見た瞬間から運命を感じたからですよ。それに……あなたと俺は似た境遇だったとは思いませんか？　きっとお互いを理解できて、共に歩んでいけると思いました」

ディランは以前と同じ言葉を繰り返す。そこに嘘は見当たらないようだったが、すべてでもないだろう。

セシリアは少し迷ったが、もう一歩踏み込んでみることにした。

「王位を狙っているのですか？」

「……親父殿を蹴落とそうとは思っておりませんよ」

あまりにも直接的な質問だったが、ディランは笑みを崩すことなく答えた。

ケヴィンから王位を奪う気はないと言いつつ、次期国王の座を狙っていることは否定していない。後継ぎになることを目指しているのだろう。

「俺の母は気の弱い人でしてね。最初の王子を産んだ第一側妃でありながら……いえ、だからこそ、小さくなっていました。他の側妃たちに目をつけられないよう、ひっそりと身をひそめるようにして生きてきたのです」

さらに尋ねようとしたセシリアだが、それよりも先にディランが口を開いた。何か言えるような雰囲気ではなく、セシリアは続きを待つ。

「ですが、母の願いもむなしく、俺は他の側妃たちの傀儡として擁立され、前面に押し出されることとなりました。さらに状況は変わり、俺は他の側妃たちから目の敵にされ……すっかり心を病んだ母は、療養中です」

母が心を病んで療養とは、そこまでセシリアと一緒のようだ。今は亡き、セシリアの母ヘレナも心を病んで離宮に押し込められていた。

ただ、その理由は違うようだと、セシリアは胸の奥がうずく。

「小さくなっていても見逃してもらえないのなら、いっそ大きな顔をしてやろうと思いましてね。連中が手出しできない位置に立ってしまえ、と」

ディランはそう締めくくる。王位を狙っているとはっきり答えたようなものだ。

これほど率直に自分の境遇を打ち明けるのは、それがセシリアと共通点があるからだと知っているのだろう。共感や同情を得ようという作戦とも言える。

実際に、セシリアはディランに対してもう一人の自分のような感覚を持っている。他人事とは思えなかった。

だが、同情して流されるわけにはいかない。

「そのために、女神の加護が必要なのですか？」

セシリアは核心に触れる。ところが、ディランは落ち着き払ったままだった。

「女神の加護ですか。それは確かにとても魅力的ではありますが……セシリア姫は、災害を鎮めるために、その力を使い果たしたのではありませんでしたか？　それとも……まだ、力が残っているのですか？」

ディランの探るような眼差しが、セシリアに突き刺さる。

思いがけない返答にセシリアは怯み、言葉を失う。女神の加護を狙っているのだと思っていたが、そうではなかったのだろうか。

しかし、セシリアはすぐにその疑問を打ち消す。むしろ国内の状況をある程度知った上で、本当にセシリアが力を失ったのかと疑っているのではないだろうか。

実は力が残っていると考えた上で、動いているようにも見える。

「……いえ、その力が残っていても、そうでなくても、どちらでも構いません。俺は、そういったこととは関係なく、セシリア姫に惹かれたのです」

　セシリアが何か答えるよりも先に、ディランが質問を打ち消して微笑んだ。

「だからこそ、セシリア姫を妃に迎えたいのです。俺以上にあなたを理解できる者は、いないと思っております。ローズブレイド公爵は、本当にあなたを理解してくれていますか？　相手に合わせようとして、息苦しくなっていませんか？」

　やわらかい声だったが、この問いかけはセシリアの心を鋭く抉った。

まるですべてを見透かされているかのようだ。やはりエルヴィスとは釣り合っていないのだろうかと、セシリアは胸が苦しくなる。

　エルヴィスとの間には絆があることを、セシリアは疑っていない。

　しかし、それは復讐のために手を組んだことがきっかけだ。共に困難を乗り越えていくうちに愛が芽生えていったと思っていたが、もしかしたらそれが錯覚だったのだろうか。

　復讐という鎖から解き放たれた今、エルヴィスも周囲に目を向ける余裕が出てきて、実はセシリアが女としては自分と釣り合っていないという考えに至ったのだろうか。

　セシリアの頭には、先ほどハリーと笑い合っていたエルヴィスの姿が浮かぶ。さすがに護衛の少年に心を奪われたとは思わないが、胸騒ぎがする。

　いつかエルヴィスの隣にはふさわしい令嬢が立ち、婚約を破棄されるのではないかという恐れが、今さらながらわき上がってきた。

「俺なら、あなたにそのような顔はさせません。そもそも、無理に合わせる必要などないのですから。あなたはありのままであれば、それでよいのです」

　ディランは優しく囁く。そして一歩、距離を詰めてきた。

「あなたの心にローズブレイド公爵がいることは知っています。その想いを抱えたままでも構いません。水が石を穿つように、ゆっくりと変わっていくのを待ちます。俺の一生をかけて、あなたの心を得られるよう努力します」

　まっすぐにセシリアを見据えながら、ディランは真剣な声で告げた。

　その瞳には何の揺らぎもなく、今の言葉が嘘でないことがわかる。セシリアは唖然としながら、ディランを見つめ返す。

　期待を持たせることがないよう、すぐに拒否すべきだ。それなのに、弱った心に甘い言葉が染み込んでしまう。

　ディランならば境遇が似ていて、互いを理解できるだろう。身分も年齢も、何もかもが釣り合っているのかもしれない。

　彼の手を取れば、楽になれるのではないかという誘惑が、頭をもたげてくる。

「私は……」

　しかし、セシリアは思いを振り払う。俯きながら、両手を組み合わせる。

　ここで彼の手を取ったところで、それは逃げているだけだ。その先に後悔が待っているのは、間違いないだろう。楽になろうとして、結局はもっと苦しい道になるだけだ。

　セシリアの望みは、エルヴィスと共に歩んでいくことだ。そこから目をそらしてしまっては、おかしな道に迷い込んでしまうだけだろう。

きっぱりと断ろうと、セシリアは顔を上げた。

「今すぐに結論を出す必要はありませんよ。ゆっくり考えてみてください」

ところが、セシリアが何か口に出すよりも先に、ディランがにっこりと笑ってそう言う。

出端をくじかれて、セシリアは言葉を失った。

「さて……名残惜しいですが、そろそろ戻る時間ですね。また後ほどお会いできれば、嬉しいです」

ディランはそうたたみかけ、セシリアの手をすくい上げて唇を落とす。そして何か言う隙を与えずに、護衛たちを引き連れて去っていった。

‡

訓練を早めに切り上げたエルヴィスは、訓練場を出る。

先ほど、セシリアの声が聞こえたような気がしたのだ。姿は見えなかったため、単なる勘違いかもしれないが、エルヴィスは気になって仕方がなかった。

訓練で体を動かしている間は、嫌な思いから離れていられた。しかし、歩いているうちにエルヴィスは暗い気分がよみがえってくる。

昨日はつい感情的になってしまった。セシリアがディランを気にかけていることが腹立たしく、言わなくてもよいことを言ってしまったのだ。

しかも、強引に口付けて、そのまま先に進もうとしてしまった。どうにか思い留まったが、己が情けない。

「おや、ローズブレイド公爵」

そのまま後悔の沼に沈み込もうとしたエルヴィスを、引き戻す声が響いた。

「……ディラン王子」

だが、新たに向かう先も、別の泥沼だ。エルヴィスは苦い顔で立ち止まった。

悩みの種であるディランが、護衛を連れて通りかかったのだ。

「どうやらご気分があまりすぐれないようですね」

エルヴィスの思いを見透かしたように、ディランがわずかに眉根を寄せて心配そうな顔を作る。その表情と言葉の裏にあるものを感じ取って、エルヴィスはうんざりしてしまう。

「……いえ、そのようなことはありませんよ」

本心はどうあれ、エルヴィスは穏やかに微笑んで答える。

「そうですか。ずいぶんと険しい顔をされていたような気がしますが……気のせいだったようですね。もしかしたら、セシリア姫と何かあったのかと思いましたが、杞憂でしたか」

ディランもにこやかな笑みを浮かべながら、さらに斬り込んでくる。

どうやら見抜かれてしまっているようだ。エルヴィスは笑顔を崩さないまま、舌打ちしたくなってくる。

「そのようなことを心配なさる必要はありませんよ。少々、仕事上の問題について考えていたので、暗い顔になっていたのかもしれません」

「仕事上の問題、ですか」

風向きを変えるべく持ち出した話題に、ディランが食いついた。

「はい、ディラン王子はフィッツ子爵家のことをご存知ですか？」

「……我が国の第三側妃と縁戚だということくらいは」

すぐに返ってきた答えに、エルヴィスは内心驚いた。

フィッツ子爵家は上位でも有力でもない、目立たない貴族だ。他国の王族に知られるような存在ではない。それでもディランが知っているということは、第三側妃のことを敵対者だと認識しているからだろう。

さらに、とぼけるでもなく素直に答えたことから、この国の裏切り者とディランが通じている可能性は低そうだ。

これまで滞在中のディランを訪れる貴族もいたが、今のところ怪しい者はいないようだった。

「フィッツ子爵家がどうかしたのですか？」

「その血縁関係を生かして、そちらの国との取引を望む者相手に、仲介役をしているようでしてね。それ自体はおかしなことでもないのですが……」

「よからぬ取引をしている者もいる、と」

エルヴィスが区切った言葉の続きを、ディランが口にする。無言で、エルヴィスは頷いた。

「過去に仲介を受けた貴族家で、最近になって変わった動きをしているところがいくつかありました。そのことについて調べているところで、少々疲れが出たようです」

やや濁しながら、エルヴィスはそう締めくくる。

今のところ、大きな動きはないのだが、確実に怪しい貴族家はいくつかある。そろそろ動き出しても不思議ではないのだが、そこまでディランに教える気はない。

国内の裏切り者は、第三側妃と通じていると予想している。フィッツ子爵が直接関わっているというよりは、仲介を受けた者が繋がっていそうだ。

この件でディランが敵対しているとは考えにくいが、完全に信用はできない。何より、セシリアを巡っては完全に敵だ。

それでも、こういった話だけであれば、気負わない通常の探り合いができる。ディランもやぶさかではないようだ。

「それは大変ですね。どうやらこの屋敷にもネズミが紛れ込んでいるようですし、そちらも気を付けたほうがよろしいかと思いますよ」

「……そうですね。ご忠告、痛み入ります」

エルヴィスはにこやかな笑みを浮かべたまま、答える。

ネズミが、ディランにつけた監視のことを指しているのか、それとも間諜が入り込んでいるのか。前者であれば問題はないが、後者であれば厄介だ。

ただ、セシリアの身の回りに置いているような者は当然信用できる者だが、末端の下働きにまでは目を光らせていられない。まして、今はディランたちを屋敷に受け入れているため、人の出入りが多くなっているのだ。ある程度は仕方のないことと言える。

「ところで、ディラン王子は女神の加護についての本を、ご覧になったことがありますか?」

「本、ですか? ああ、そういえば親父殿が持っていましたね」

　エルヴィスが問いかけると、ディランはあっさり答えた。

　隠そうともしない様子に、エルヴィスは少し驚く。

「その本ですが、ローズブレイドから持ち出されたものでして。諸事情あってケヴィン陛下の手に渡ったようですが、できることならお返し願いたいのです」

「おや、それは知りませんでした。親父殿に伝えておきましょう」

　ディランの受け答えにはよどみがない。女神の加護について問われることを、想定していたのだろうか。

「ディラン王子は女神の加護について、どうお考えですか?」

　それならばと、エルヴィスはさらに踏み込んでみる。

「素晴らしい力だと思いますよ。ただ、俺は親父殿ほど、その力に対する憧れは強くありませんね。きっと、現状を見ているからだと思いますが」

　真面目な顔でディランは答えた。さらに何かを考え込む。

「そうですね……いつまでも乳母が世話を焼いてくれている、といったようにも思えるのですよ。乳母がいるうちは幸せですが、突然消えてしまえば……」

ディランの言葉に、エルヴィスは思わず苦笑が浮かぶ。

まさに、この国の現状だ。以前、セシリアもこの国は自分の足で歩くことを止めてしまっていると言っていたが、それと同じことだろう。

この国は、ようやく自分の足で歩み始めたばかりなのだ。

「ただ、乳母が必要な者に対しては、とても有用でしょうね。どのような力も、使い方次第といったところはあるかと思います」

にっこり笑って、ディランは締めくくる。

模範的ともいえる内容だったが、エルヴィスは何となく引っかかりを覚えていた。その力に対する憧れは強くないと言いつつ、欲しているようにも感じられる。

王位を欲するディランは、いわば乳母が必要な者とも言えるだろう。

エルヴィスとしては、ディランが王位に就くのは別段構わない。それでセシリアのことを完全に諦めてくれるというのなら、支持してもよいくらいだ。

「そうそう、気になっていたのですが、ローズブレイド公爵は少女が趣味ですか？」

「……はい？」

何を言われたのかわからず、エルヴィスは眉根を寄せる。徐々に意味が染み込んでくると、条件次第でディランを支持してもよいと考えていたことなど、完全に吹き飛ぶ。

「三十路に近い男性が、十代半ばの少女にと考えると……そうなのかなと」

「年齢の開きを大きく見せようとしないでください。セシリアとは十歳差です」

表情だけは穏やかに、内心では憤りを抱えながら、エルヴィスは反論する。

「二桁違いますね」

ディランも微笑みながら、さらに突き刺してくる。

「若い女性が好きな方は、どんどん新しい女性に乗り換えていきますからね。ローズブレイド公爵がそういう方ではないとよいのですが」

「あなたの父君ではあるまいし、そのようなことはありませんよ。ディラン王子こそ、あの血を受け継いでいるのですから、女性関係が複雑になりそうですね」

「あのクズ野郎と一緒にしないでいただきたいですね。俺は妃一人を生涯愛し続けますよ」

心底不快そうな顔をしながら、ディランは吐き捨てる。どうやら、相当ケヴィンのことを嫌っているようだ。

そこだけは気が合うかもしれないと、エルヴィスはふと思う。

「その考えには賛同いたしますが、妃は国内での立場を強めることができる令嬢をおすすめしますね。他国の王女は不向きかと」

「ローズブレイド公爵は、そのように言われたとして、愛する方を諦められるとでも？」

「諦められないでしょうね。ただ、セシリアは私を選んでくれました。セシリアにとって、私が必要だったのです。そもそもの前提条件が違うのですよ」

やわらかく微笑みながらエルヴィスがそう言うと、ディランは悔しそうに唇を噛み締めた。

今となっては自分の想いのほうが、セシリアのそれよりも重たいとは思っているが、最初のきっかけは言ったとおりだ。セシリアがエルヴィスを選んだことは、間違いではない。

セシリアが愛しているのは自分であり、ディランとは違うのだといった優越感が、エルヴィスの中で頭をもたげる。ここしばらくディランに対する鬱憤がたまっていたので、意地が悪くなっていたかもしれない。

「……ずいぶんと自信がおありですが、そのわりにはセシリア姫に悲しい顔をさせていたようですね」

ところが、嘲笑うディランの言葉で、エルヴィスは気分が一気に地の底まで引きずり下ろされてしまう。高揚感は完全に消え失せ、血の気が引いていく。

「セシリア姫はかなり無理をしているようで……おいたわしいことです。俺なら、あのような顔はさせないのに」

ディランが非難する声が、エルヴィスの胸に鋭く突き刺さる。

心当たりはある。そもそも、ディランと遭遇する前は、そのことで暗い気分に沈んでいたところだった。

「ローズブレイド公爵は、やはり年が離れている分、うら若き乙女の心など理解しがたいのではありませんか？　俺はセシリア姫とは年が近く、境遇も似ているので、彼女のことも理解できると思います」

今度は、ディランが得意げな顔をする。

しかしながら、エルヴィスは言い返すこともできない。

「それに、俺の妃になったほうが、セシリア姫も安全でいられるのです。手放すことも、愛のひとつの形かと思いますよ」

そう言い残して、ディランは護衛を引き連れて去っていった。

エルヴィスは苛立ちと共にそれを見送ったが、ふと疑問も浮かぶ。

最後の言葉はいったい何だったのだろうか。手放すことが云々という戯言はともかく、安全というのが引っかかる。

勢いづいて言ったようだったが、だからこそ本音とも言えるだろう。

いずれディランが王位に就くことができれば、権力を得られるので、より妃を守れるということだろうか。

それにしたところで、何かがおかしい。今と比べて、安全という言葉を強調するほど変化があるとは考えにくいだろう。

「旦那さま……」

エルヴィスが考え込んでいると、そっと囁く声が響いた。はっとして声の方向を見れば、セシリアにつけた監視だった。

「何かあったのか」

まさかセシリアに何かあったのかと、エルヴィスは焦る。だが、本当に緊急事態なら、こうも悠長にしていないはずだ。単なる報告だろうと、少しだけ息をつく。

「急ぎ、ご報告したいことがございます。実は……」

ところが、監視が口にした内容は、エルヴィスを青ざめさせるものだった。

‡

もう一度訓練場に戻る気も失ったセシリアは、おとなしく自室に戻って着替えた。

考えるのは、先ほどのディランとの会話だ。

口説かれるのはある程度予想できたが、少しだけ心が揺らいでしまったのは、想定外だった。

ディランは人の心に付け込んでくるのが、とてもうまい。セシリアが断ろうとしたときは、その言葉を口にさせないようにと先回りしていた。

陰謀の中に身を置き、命を狙われながらも生き延びてきたディランを相手に、虐げられていたとは言っても安全に生きてきたセシリアでは、敵わないのかもしれない。

「似ているとは言っても……やっぱり違うわね」

セシリアは苦笑する。いくら境遇が似ているとは言っても、やはり違う。いや、むしろかなり違うところがあるのではないだろうか。

先ほどの会話でも感じた疑問が、再びセシリアにわき上がってくる。

「……考えても仕方のないことだわ。それよりも……」

セシリアは首を左右に振り、気持ちを切り替える。もっと考えるべきことがあるはずだ。

王位を狙っているのは、予想どおりと言える。彼の母の状況までは予想しておらず、少々思うところもあったのだが、そこは今回の件とは関連がなさそうなので、ひとまずおいておく。

問題なのは、女神の加護に関することだろう。セシリアが王家の力を失ったとは聞いているようだが、本当にそうなのかと疑っているようでもあった。

深く追及することなく、すぐに引っ込めたが、それもセシリアの好感を得ようとしているのだと思えてしまう。

「女神の怒りを鎮めるときに力を失ったのは本当だけれど……でも……」

ふと、セシリアは背筋に寒気を覚える。

セシリアが女神の怒りを鎮めたとき、引き渡したのはアデラインの存在だ。封じられていた女神とアデラインは共に空に帰っていった。

実は、王家の力はまだセシリアの中に残っている可能性が高いのだ。歴代の王は、王位に就く際に女神に力を捧げてきたが、セシリアはそれを行っていない。

ただ、そのことは誰にも言っていない。断片的にエルヴィスには話したが、王家の力が残っている可能性については明言しなかった。

まさか、ケヴィンやディランに何か嗅ぎつけられているのだろうか。

「エルヴィスと話したいけれど……」

ため息を漏らしながら、セシリアは俯く。

エルヴィスとは気まずいままで、話しにくい。仲直りのきっかけを探りに行った訓練場からも逃げ出してしまったので、なおさらだ。

「でも……頑張らないといけないわ。訓練場から逃げたのだって、エルヴィスは知らないはずだもの……私の気持ちの問題よ」

己に言い聞かせながら、セシリアは決意を込めて一人頷く。

部屋に閉じこもっていたところで、何も変わらない。セシリアは勇気を出して、エルヴィスの執務室に向かった。


ローズブレイド領にあるエルヴィスの執務室には、セシリアも時々顔を出していた。しかし、王都の執務室は一度しか入ったことがない。

手を組むことを持ちかけるため、この屋敷を訪れたときだ。当時は使用人たちも冷淡な眼差しを向けてきて、仇の娘だと睨まれたものだった。

今は、未来のローズブレイド公爵夫人として扱われていることを思うと、とても長い年月が経ったように感じられる。だが、実際には一年ほどしか経っていないのだ。

感慨に浸りながら、セシリアはエルヴィスの執務室の扉を叩く。ところが、返事はない。

「……エルヴィス？　いないのかしら」

もう一度扉を叩いても反応がなかったので、セシリアは中に入った。執務室は好きに入ってよいと言われていて、領地でもそう振る舞っていたためだ。

「え……ええ……？」

執務室の中に入ると、セシリアは驚いて立ち尽くしてしまう。

四方向から見つめてくるアデラインに迎えられたのだ。それぞれの壁に飾られた、合計四つのアデラインの肖像画が、優雅な微笑みを投げかけている。約一年前、この部屋に入ったときと同じ状態だ。

「これ……まだあったのね……」

セシリアは引きつった笑みが浮かんでくる。

おそるおそる天井を見上げてみると、さすがにそこに肖像画はなかった。少しだけ、セシリアは胸を撫で下ろす。

初めてこの部屋に足を踏み入れたときも、アデラインの肖像画に驚かされたものだ。そのときは取引がうまくいくかどうかで緊張していたため、冷静に対応することもできた。

改めて見ると呆れてしまう。仕事をするというのに、四方向から見つめられて、気にならないのだろうか。

さらに、エルヴィスは姉への執着を手放したのではなかっただろうか。

いくつもの疑問が頭に浮かんできて、セシリアがぼんやりと立っていると、せわしない足音が近付いてきた。

「セシリア！　このようなところにいましたか……！」

するとそこに、血相を変えたエルヴィスが飛び込んできた。

突然のことに驚きつつ、セシリアはほっとする。いろいろと思うところや釈然としないこともあるのだが、ひとまずこれで話をすることができると、胸のつかえが下りていく。

「あなたが暗殺者に狙われていると聞きました。もう事件解決など、どうでもよいです。今すぐ警備を強化しますので、部屋から出ないようにしてください」

ところが、エルヴィスの口から出たのは思いもよらない内容だった。

まさかそれを知られてしまったのかと、セシリアは血の気が引いていく。もはや、話をするどころではない。以前抱いた懸念が、現実のものとなってしまったようだ。

このまま監禁され、今回の件に何も関われなくなってしまうのかと、セシリアは目の前が暗くなっていく。

ただ、絶望が心を埋め尽くしつつあるなか、ひとつの疑問がふと頭によぎった。

「……暗殺者のことは、どうやって知りましたの？」

まさかディランがそのことをエルヴィスに知らせるとは考えにくい。セシリアが尋ねると、エルヴィスは一瞬だけ怯んだようだった。

「それは……ディラン王子につけていた監視から知りました」

エルヴィスの答えは、おかしなものではなかった。ディランに監視をつけるのは、当たり前といえば当たり前だろう。

しかし、それだけではないだろうと、セシリアには確信めいたものがあった。

「監視、ですか。私にもつけていたのですか？」

静かに問いかけると、エルヴィスがごくわずかに視線を泳がせた。

「……護衛として必要だったからです」

「護衛はすでにいますわ。それとは別に、監視していたということですわよね。私のことが、それほど信用できませんか？」

　こみ上げてくる不快感に突き動かされ、セシリアはエルヴィスに冷たい眼差しを向ける。

「信用できないなど、まさかそのようなこと……」

「でも、そういうことですわよね。ディラン王子と会うときは、常に護衛と侍女を伴っていましたわ。あなたがなるべく不安にならないようにと、気を付けていたつもりでしたが……もとから信用されていないのなら、ただの空回りでしたのね」

　エルヴィスの言葉を遮り、セシリアは感情のままに言葉を叩き付ける。

「信用せずに監視して、あまつさえ私の意思を無視して勝手に監禁しようと……エルヴィスにとって私は、判断力など持ち合わせない子ども扱いなのですね。よくわかりましたわ」

「セシリア……！」

「しかも、この部屋！　本当は、私自身を見ているのではなくて、他の方の面影を見ているのではありませんの⁉」

　何かを言おうとするエルヴィスを無視して、セシリアは怒りに任せて言葉を放つ。

「そのようなことはありません！　私は、あなただけを……」

「この部屋を見て、そんなこと信じられるとでも思っていますの！　ええ、あなたのことなんて、信じられませんわ！　あなただって、私のことを信じていませんものね！」

　言い捨てると、セシリアは執務室を飛び出した。エルヴィスが何かを言っていたが、無視して

扉を閉めると、部屋から遠ざかる。

「セシリア、待ってください！」

すぐにエルヴィスが追いかけてきて、セシリアはいったん立ち止まる。

「来ないでください！　今はあなたと話したくありませんわ！」

苛立ちをぶつけると、エルヴィスの足が止まった。

「……わかりました。ただ、安全のために護衛だけは連れていってください」

エルヴィスは力なくうなだれ、おそらく彼にとって最大限の譲歩をする。

ちくりと胸が痛んだが、今はそれよりも激情のほうが勝った。

セシリアは無言で頷くと、すぐにエルヴィスに背を向けて、足早に遠ざかっていった。

‡

庭園までやって来ると、セシリアは一息ついた。

少し離れてついてきた護衛は、心配そうにセシリアの様子をうかがっている。だが、何も言うことはなく、静かに見守るだけだ。

「どうして……」

少し気持ちが落ち着いてくると、セシリアは自己嫌悪に陥る。

エルヴィスが監視をつけていたことは、腹立たしいながらも、状況的には仕方がないのかもしれない。それなのに、必要以上に反応してしまったようだ。

しかし、どうしても気持ちを抑えられなかった。エルヴィスと釣り合わないのは、見た目の幼さだけの問題だと思っていたのに、中身も幼いからだと、突き付けられたようだったのだ。

「でも……」

薔薇の蕾を見ながら、セシリアはため息をつく。

こうして激昂して飛び出してきてしまったことこそ、中身が幼いことの証左ではないだろうか。もっと落ち着いて話すべきだったのだと頭ではわかっているのに、できなかった。

エルヴィスと釣り合っていないこと、ディラン王子の求婚、エルヴィスとハリーが笑い合っていたことへの不快感、そして未だに部屋を埋め尽くすアデラインの肖像画など、心の中がぐちゃぐちゃだ。

つらくて、苦しくて、このままの気持ちでいたくない。

「そうよ……事件さえ解決すれば、きっとすべて終わるわ……」

こぼれそうになる涙をぐっとこらえ、セシリアは上を向く。

ローバリーの陰謀に、国内の貴族の裏切りも関連しているという。ディランが王位を得るための条件も、そこに関連しているはずだ。

「女神の加護といえば……」

今のところ、鍵となっているのは女神の加護に思える。だが、ディランはそう簡単に教えてくれないだろう。

となれば、女神の加護について最も詳しい人物に尋ねるしかない。

「マリエッタ叔母さま……」

アデライン殺害犯であり、いっときはセシリアの命も狙おうとした、叔母マリエッタ。

今は神殿預かりとなっている彼女以上に、女神の加護について詳しい人物をセシリアは知らない。そもそも犯した罪も、女神の加護についての知識が根本にあったのだ。

決して近付きたい相手ではないが、マリエッタの行動理念はすべて国のためだった。その点においては信用できると言えるだろう。

この際、仕方がない。セシリアはマリエッタに会おうと、決意した。

第六章　思いがけない出会い

セシリアは早速、護衛を連れて神殿に向かった。

「あの、マリエッタ叔母さまに会いたいのですけれど……」

年配の神官に尋ねてみると、暗い表情が返ってきた。まさか何かあったのかと、セシリアは不安になる。

「マリエッタさまは、地方で奉仕活動のため、不在となっております。戻るのは、まだ数日かかるかと存じます」

「え……？　不在ですって……？」

セシリアは愕然とする。マリエッタに問題があったわけではないようだが、予想外のことに戸惑うしかない。

「せっかくセシリアさまがお見えになったというのに……申し訳ございません」

年配の神官が恐縮しながら、深く頭を下げる。

慌ててセシリアは首を横に振った。

「い……いえ、突然訪ねてきたのですから、仕方がありませんわ」

内心の動揺を押し殺し、セシリアは微笑む。

すると、年配の神官はほっと安堵したように息を吐いた。

「そのようにおっしゃっていただけると助かります。マリエッタさまは奉仕活動に大変熱心で、いつも忙しくしているのです。その働きぶりは私どもも感心しておりまして……」

「まあ、そうですのね……」

セシリアは笑顔を取り繕いながら相槌を打つ。

「それでは、失礼いたします」

年配の神官が去っていくと、セシリアは深いため息をついた。

マリエッタにとっては、国に尽くすことが喜びのようなので、奉仕活動は熱心になれ、幸せなのかもしれない。

ただ、それ自体は喜ばしいことであっても、今の状況は期待外れだ。

「どうしましょう……」

すっかり当てが外れたセシリアは、途方に暮れる。

神殿には女神の加護についての記録があるかもしれないが、マリエッタの知識ほどとは思えない。また、調べるにしても時間がかかる。

「……セシリアさま？　どうかなさいましたか？」

そこに、今度は中年の女神官が通りかかった。

「ええと……」

どう言おうかとセシリアが迷っていると、中年の女神官は得心したように頷いた。

「とうとう、神殿に身を捧げられる決心をされたのですね！」

「……えっ？」

予想外の言葉に、セシリアは目を丸くする。

「ああ、やはりそうなのですね！　なんとおめでたいことでしょう！　今すぐに、準備をしなくてはなりませんね！」

「ちょ……ちょっと待ってください！」

勝手に話を進めようとする中年の女神官を、セシリアは慌てて止める。

「私はそんなつもりで来たわけではありませんわ！」

「あら、でもそのためにいらっしゃったのでしょう？」

「違いますわ！」

誤解を解くために説明しようとするが、相手はまったく聞いてくれない。

「ご結婚を延期されたのは、考え直したためだったのですね。そうですよね、ローズブレイド公爵とは言っても、しょせんは世俗の人間。聖女たるあなたさまにはふさわしくない……」

「だから、違うと言っているでしょう！」

ついに我慢できず、セシリアは大きな声を出した。

ふさわしくないという言葉が、今のささくれだったセシリアの心を刺激したのだ。

「勝手なことばかり言わないでちょうだい！　今の私は王家の力だって失ったのだし、聖女でも何でもないわ！　私の幸せの邪魔をしないで！」

急変した態度に驚いたのか、中年の女神官が戸惑った顔をする。

だが、セシリアの怒りはまだ収まらない。

「大神官からの手紙も、そういうことだったの？　祈りを捧げる姿を見せろっていうのは、神殿に身を捧げろということだったの⁉」

「あ……あの……大神官さまからの手紙とは何のことでしょうか……？」

困惑して尋ねる中年の女神官に、セシリアはふと我に返る。まだ心に燻る怒りを押し殺そうと、ゆっくりと深呼吸をした。それでも、まだ胸の奥に重いものが残ったままだ。

「大神官さまは、一週間ほど前から体調が悪くて寝込んでいらっしゃいます。今は、とてもお会いできる状態ではなく、手紙など書けるとは思えませんが……」

ところが、続く中年の女神官の言葉で、セシリアは気分の悪さなど忘れてしまうほどの衝撃に打たれることになった。

「手紙を書けない……？」

呆然と呟くセシリアに、中年の女神官は不思議そうにしながらも頷く。

「はい。あ……でも、それ以前に書かれたものでしたら、おかしくはないかと……」

中年の女神官が、おずおずと言う。

それを聞き、セシリアはますます混乱する。

「どういうことなの……」

手紙を受け取ったのは、二日前のことだ。今の話が本当だとすれば、手紙を書いたのは大神官ではないということになるだろう。

「それとも、何かの手違いで送るのが遅くなったのかもしれません。大神官さまが体調不良ということで、神殿内も慌ただしかったものですから……」

「そう……そうよね……」

　中年の女神官の説明に、セシリアはとりあえず納得することにした。

　しかし、まだ頭の片隅に違和感が残っている。

「大神官さまにはお会いできないのかしら？」

「申し訳ありませんが……今はお会いになるのは難しいかと……」

「そう……」

　やはり無理かと、セシリアはゆっくりとため息を吐き出す。本人に直接確認することは、できないようだ。

「仕方がないわね……さっきは声を荒らげてごめんなさい」

「いえ……こちらこそ、出すぎたことを……」

「それじゃあ、失礼するわ」

　セシリアは気を取り直すと、足早に立ち去った。

　ただ、神殿から帰ったとしても、状況は何も変わらない。もっと何かを探るべきだろうか。

　そうして悩みながら歩いているうちに、神殿の奥までやってきた。その先には、セシリアをかばって命を落とした、母ヘレナの墓がある。

　ヘレナに対しては、未だに割り切れない複雑な思いを抱えている。だが、せっかくここまで来たのだから、墓に顔を出していこうかと、セシリアは奥に進む。

「え……？」

神殿の奥までやってきたセシリアは、墓の前に屈む、思いがけない人物を見つけて戸惑う。

その人物は立ち尽くすセシリアに気付いたのか、墓の前に花束を置くと、身を起こした。そして、ゆっくりとセシリアに近付いてくる。

「……妻の墓参りに来ることが、そんなにおかしいか」

ややふてくされたように声をかけてきたその人物は、セシリアの父であるローガンだった。

アデラインに婚約破棄を突き付けてきた王太子だった彼は、今や王位継承権を剥奪され、一介の貴族となっている。

世間からはすべての事件の犯人であるとすら囁かれ、かつてアデラインに冤罪をかけた彼は、今度は自分が冤罪に苦しむこととなった。そのために、すっかりやつれてしまっている。

だが、久しぶりに会うローガンは顔色こそ悪いものの、以前の常に苛立っているような刺々しさが薄れているようだった。

「いえ、そんな……」

セシリアは何と言ってよいものかわからず、言葉を濁す。

アデラインを犠牲にして結ばれたローガンとヘレナだったが、その後、真実の愛は破綻している。夫婦の仲はすっかり冷え切り、セシリアも冷遇されてきたのだ。

以前、セシリアを隣国に送ろうとしたとき、ローガンは妻であるヘレナも一緒に押し付けようとしていた。新たな妃を娶るようなことも匂わせていたはずだ。

それでも墓参りに来るとは、わずかなりとも愛情が残っていたというのだろうか。

「何か用があるのか？」

どうしたらよいものかわからず、動かずに立ったままのセシリアを不審に思ったのか、ローガンが尋ねてくる。その口調は以前の高圧的なものではなく、さほど感情のうかがえない平坦なものだった。

「……真実の愛とは、何ですか？」

突然の質問に、それまで乏しかったローガンの表情が、驚きに彩られる。

セシリアも、どうして自分がこのようなことを尋ねたのか、わからない。ただ、自然と口から出てきてしまったのだ。

何というおかしなことを言ってしまったのかと、ため息が漏れそうになってしまう。

「さあな。当人たちがそう思えば、それがそうだ。そんな目に見えないもの、他人が決められるものではないだろう」

ところが、意外なことにローガンから答えがあった。

セシリアは返事があったことに驚く。しかも、いつものように馬鹿にすることもなく、ローガンは真面目な表情だ。

内容も、おかしなものではないだろう。真実の愛に酔っていた頃から比べると、かなり引いた視点になったようだ。

「……もし、今から学園時代に戻ってやり直せるとしたら、それでもヘレナを娶りますか？」

セシリアはさらに質問を続ける。今のローガンなら、答えてくれる気がしたのだ。

「……どうだろうな。だが、結局はそうなる気がする。かつての婚約者は、あのときのような婚約破棄ではなく、もう少しうまくやるだろうが……彼女と結ばれるところが想像もつかない」

予想どおり、ローガンはまともに答えてくれた。考え込んでいるためか、アデラインのことを思い出したためか、眉間に皺が寄っている。

「想像もつかないとは……それは何故ですか？」

「僕は彼女のことが最初から気に入らなかったからな。生意気な女だと思っていた」

ローガンは薄笑いを浮かべ、吐き捨てる。

なるほどとセシリアは頷く。アデラインもローガンに対して特別な感情などなく、政略結婚だから仕方がないとしか思っていなかった。お互い、似たようなものだったのだろう。

「ただ……今にして思えば、彼女の才能に嫉妬していたのかもしれないな。未来の王妃として非の打ち所がないと言われていた彼女に引き換え、僕は……いや……何にせよ、結ばれたところで互いに不幸になっていただろう」

浮かべている笑みを自嘲気味に歪め、ローガンはぼそりと呟く。

その内容に、セシリアは目を見開く。

まさかプライドの高いローガンが、自分よりアデラインが優れていると認めるようなことを言い出すとは、想像したこともなかった。

すっかり人が変わってしまったかのようだ。もしかしたら、王太子という重責がローガンの人格を少しずつ歪めていっていたのだろうか。

「ヘレナとの結婚は、幸せになれましたか？」

意地が悪いかもしれないが、聞いてみたかった。どう考えても幸福とは思えない結婚生活だったが、当人はどう思っているのだろうか。

「……もし、やり直せるのなら、不幸の種を刈り取る方向に動くだろうな」

さすがに、これまで素直に答えていたローガンも苦笑いを浮かべる。それでも怒鳴り散らすなど、セシリアに怒りをぶつけてくることはなかった。

「それよりも、こういったことを尋ねてくるということは、もしやローズブレイド公爵とうまくいっていないのか？」

まるで反撃のように問いかけられ、セシリアは息をのむ。

しかも、意外と鋭い。セシリアはとっさに答えられず、顔が引きつっていくのを感じる。

「やはりそうか。一度は至高の座に昇り詰めながらも、しょせんは小娘か」

すると、それまで真摯に対応していたはずのローガンが、嘲笑う。あからさまに馬鹿にした表情は、かつてよく見たものだ。

まるで別人のようだと思った評価を、セシリアは取り消す。そう簡単に、人の本質は変わらないらしい。

「お前のことだ。変に背伸びしようとして、こけたんじゃないか？　うまくいかないからと、八つ当たりして逃げてきていないだろうな」

さらに追及され、セシリアは言葉に詰まる。

ローガンこそセシリアに監視をつけていたのかと思えるほど、的を射ている。

以前から、たまに鋭いことを言うことはあったが、ここで発揮しなくてもよいのにと、セシリアは恨みがましい気持ちになってしまう。

追い込まれたセシリアを見て、ローガンは機嫌よさそうに笑った。その姿が、セシリアをさらに苛立たせる。

しかし、ひとしきり笑った後、ローガンは不意に真剣な顔になった。

「……一度目をそらして逃げれば、それが当たり前になっていく。そして、逃げ続けた結果がどうなるかは、僕を見ればわかるだろう。後悔というのは、なかなか苦しいものだぞ」

ローガンは静かな声でそう言うと、苦い笑みを浮かべる。

耳にした言葉が信じられず、セシリアは唖然としてローガンを見つめた。本当にこれが彼の口から出たことなのかと、理解が追いつかない。

これではまるで、思い悩む娘を教え諭す、父親のようではないか。

「ええと……その……」

何かを言わねばと思うのに、セシリアはうまく言葉が出てこない。

先ほどからローガンに対する評価が乱高下して、頭は混乱するばかりだ。

やはり、彼は変わったのだと思わざるを得ない。これまでセシリアはローガンのことを愚かだと思っていたが、彼は彼なりに思い悩んで、道を見つめ直していたのだろう。

　セシリアがローガンを見つめる目に、これまでとは違ったものを感じたのか、彼は居心地悪そうに視線をそらした。

「そうだな……ローズブレイド公爵の悪口を言いたければ、いくらでも付き合ってやるぞ。だいたい、僕もあいつは気に入らなかったんだ」

　ふてぶてしい笑みを浮かべながら、ローガンは話を変えた。しかも、とんでもない内容で、セシリアはあっけに取られる。

「そ……そんなことは言いたくありません！」

　慌ててセシリアは否定する。

　エルヴィスとは少しすれ違ってしまっているが、嫌いになったわけではない。悪口など、言いたくはなかった。

　すると、ローガンは腕を組んで鼻で笑う。

「それなら勝手にしろ。お前ならうまくやるのだろう。それでは僕はもう行く」

　そう言い残すと、あっさりとローガンは立ち去っていった。

　取り残されたセシリアは、ローガンの姿が見えなくなるまで呆然と立ち尽くす。

「そういえば……」

　ローガンがセシリアを認めるような発言をしたのは、おそらくこれが初めてだ。しかも、己の恥をさらしてまで、セシリアを諭そうとしたようでもある。

かといって、これまでずっと虐げられてきた過去が、わだかまりなく消えるはずもない。今さら父親面をするのかといった、反発心もある。

「でも……だからといって、目をそらしてはいけないわね……」

反抗したくなる心を抑えつけ、セシリアは一人呟く。

ローガンの言うことを素直に聞きたくはないが、くだらない反発心で大切なことから目をそらしては、それこそ彼の二の舞だろう。

逃げることなく、エルヴィスとしっかり向き合うべきだ。自分の醜い思いをさらけだしたくはないが、それでも抱えている不安を打ち明けよう。

そう決意して、セシリアは胸を両手で押さえながら、ヘレナの墓の前にローガンが残していった花束を見つめる。

まるで学生時代のヘレナを思わせるような、可愛らしいピンク色の花びらが、風にかすかに揺れていた。

‡

ローズブレイド邸に戻り、エルヴィスと話し合おう。そう決めたセシリアは、神殿から帰ろうとする。

「あら……？」

神殿を出ようとしたところで、神官と貴族らしき二人が連れ立って歩いているのを見つけた。二人とも三十代程度の男性だ。

特におかしな光景でもなかったが、セシリアは気になって、遠くから様子をうかがう。

「あの貴族、もしかして……」

よく見てみれば、貴族は知っている顔だった。それも、最近見たことがある。

「そうだわ……ザビニ伯爵だったわね」

ディランを歓迎するパーティーで見かけて、失脚した貴族だと気付き、少し気になったのだ。そのときは名前が浮かばず、そのまま忘れていたのだが、ようやく思い出すことができた。

しかし、パーティーでザビニ伯爵と話していたもう一人の貴族は、やはりわからない。今、彼と一緒にいる神官は違うようだ。

「ここで何を……」

何か引っかかりを覚えて、セシリアは彼らに気付かれないよう、そっと後を追う。

すると二人は人の少ない神殿の奥に向かっていく。先ほどの、ヘレナの墓がある場所とは違う、女神の祭壇がある方向だ。

やがて二人は奥まった場所にある部屋に入っていった。セシリアは周囲に誰もいないことを確かめると、扉に近付いて聞き耳を立てる。

「もはや女神の加護は……」

「この国に未来はない……それならば隣国ローバリーの……新たな女神の……」

「……子爵の紹介で……側妃……」

「ローズブレイド……暗殺者……」

完全には聞こえないが、ところどころ会話の切れ端が聞こえてくる。

どうやら、かなり物騒なことを話しているようだ。特に、ローズブレイドと暗殺者という二つの単語で、セシリアは恐ろしくなってくる。

そこで、小柄な護衛ハリーのことが頭によぎった。

ハリーにはどことなく違和感があり、エルヴィスと共に笑い合っていたときに、セシリアは激しい不快感を覚えた。どうして、それほど強い感情を抱いたのかと、自分でも不思議に思ったほどだ。

だが、もしハリーが暗殺者だったとしたら、説明がつくのではないだろうか。

違和感も、不快感も、彼が暗殺者だと第六感が警鐘を鳴らしていたのだとすれば、納得だ。そういえば、ディランもハリーに対しては含みがあるようだった。

しかも、ハリーはセシリアに女王の座について尋ねてきたことがあった。意図がよくわからなかったのだが、それも暗殺に必要な何かの調査だったのではないだろうか。

「まさか……」

セシリアは、声にならないほどの小さな呟きをこぼす。

もしや、暗殺対象はセシリアではなく、エルヴィスだったのではないだろうか。

そもそも、女神の加護を得ようというのなら、セシリアを殺すのはおかしな話だ。

国内から連れ出されるのを恐れ、その前に始末してしまおうという、マリエッタのように国を憂いている者がいる可能性はある。しかし、今の会話からするとそうではなさそうだ。

セシリアを連れ去るために、まずは邪魔者であるエルヴィスを始末しようとしているのかもしれない。そのことに思い至ると、セシリアは血の気が引いていく。

早く帰って、このことをエルヴィスに知らせなくてはならない。そう思って、セシリアは扉から離れようとする。

「……っ！」

ところが、そのときにはすでに、足音が扉に近付いてきていた。セシリアが驚きと恐怖で考え込んでいるうちに、会話は終わっていたらしい。

かろうじて聞き耳の体勢からは立て直したが、身を隠すのは間に合わなかった。部屋の中から出てきた二人とセシリアは、鉢合わせしてしまう。

「……王女殿下？　ああ……祈りを捧げにいらしたのですね」

一瞬訝しそうにした神官だが、すぐに得心したように頷く。

大神官からの手紙の内容が、セシリアの頭によぎる。ただ、祈りを捧げに神殿に来るというのは、あまりにも当たり前の行為とも言えるだろう。

「……ええ。祭壇の間で祈りを捧げようと思いまして」

内心の焦りを押し隠し、セシリアは微笑んで答える。

「王女殿下は以前にも女神と対話なさった方です。そのような方が祈りを捧げれば、民の心も落ち着くことでしょう」

　ますます、手紙の内容と合致する。セシリアは心臓が早鐘のように鳴っているのを感じながら、なんとか平静を保つ。

「ええ、ありがとうございます。それでは失礼いたしますわ」

　セシリアは軽く会釈をすると、奥の祭壇へと向かった。

　本当は一刻も早くローズブレイド邸に戻りたい。しかし、ここで突然引き返すのも、おかしな話だろう。

　セシリアは後ろから神官とザビニ伯爵の視線を感じていたが、廊下を曲がるときにちらりと様子をうかがうと、二人は頷き合って去っていくところだった。

　ひとまず、この場で捕らえられてしまうといった事態は避けられたようだ。少しだけ安心したものの、まだ気を抜くことはできない。

　やがて祭壇の間にたどり着き、セシリアは一人で中に入った。護衛は部屋の外で待機することとなる。

「……空っぽね」

　ぼそりとセシリアは呟く。

　白い部屋の奥には、荘厳な黄金の祭壇がある。しかし、そこにはもう何の気配も感じられない。かつて封じられていた女神は、もういないのだと改めて思い知らされるようだった。

　きっと今は、天に帰って自由に過ごしているはずだ。アデラインも、そこにいるのだろう。どうか、見守っていてほしいと願う。

軽く息を吐いて、セシリアは気持ちを切り替える。

「ええと……やっぱり、あの神官は誰かよくわからないわ……でも……」

セシリアは先ほど見た二人の顔を思い出す。

神官はやはり知っている顔ではない。しかし、ザビニ伯爵はわかった。あれほど怪しい話をしていたのだから、調べればきっと何かが出てくるはずだ。

そして、もしや先ほどの神官が、大神官からと偽って手紙を送ってきたのではないかと疑念を抱く。

「でも、もしそうだったとして、何のために……」

手紙にあったのは、祈りを捧げる姿を見せてほしいという、何ら変哲のない願い事だ。だからこそ、内容に不信感を持つことはなかった。

「いえ……もしかして、おびき出すため……？」

なるべく早く来てほしいようなことも、手紙には書かれていたはずだ。セシリアを神殿に呼び寄せたかったのだろうか。

「私を引き離して、エルヴィスを……？」

先ほど考えた、暗殺対象がエルヴィスではないかという予想と、繋がっていくようだ。

そこで、神殿に来てすぐに出会った中年の女神官のことも、頭によぎる。

彼女はセシリアが神殿に身を捧げることを願っていた。未だにセシリアこそ、真の女神の代理人であると思っているのだろう。

　一部の熱心な信者にとっては、セシリアが世俗の男に嫁ぐことをよしとしない者がいても、不思議ではない。いっそ、夫となる相手を始末してしまえと、過激な考えに至る者もいるかもしれないのだ。

「まさか……」

　そこまで考えて、セシリアは自分の想像を否定しようとした。

　手紙が書かれたのは大神官が体調不良に陥る前で、先ほどの神官は大神官とそういった話をしていたため、知っていただけかもしれない。

　しかし、どうしても嫌な予感が拭えない。

「とにかく、早く戻りましょう」

　すでに、祈りを捧げるのに必要なだけの時間は過ぎた。仮に何か問われたとしても、堂々と答えられるだろう。

　セシリアは祭壇の間から出て、足早に進む。

　無事に馬車が見えるところまで来て、セシリアは胸を撫で下ろす。

　ここまで来れば人目もあるのだし、セシリアに対しておかしなことはできないはずだ。護衛も少し離れてついてきている。そう思い、セシリアは自分が乗ってきた馬車に向かう。

　すると、その隣に新たな馬車がやってきた。

「セシリア姫！」

その馬車の中から、やや焦ったようなディランが降りてくる。彼はセシリアの姿を見ると、安心したように笑った。

どうして神殿にディランがやってきたのかと、セシリアは戸惑う。

すると、それを見抜いたようにディランは口を開いた。

「ローズブレイド邸の使用人から、セシリア姫が神殿に向かったという話を聞きましてね。追いかけてきたというわけです」

「まあ……」

ディランの説明を聞き、セシリアは納得しつつ、何かが引っかかる。

わざわざ追いかけてくるのは、ディランの立場や性格上、おかしなことではないだろう。だが、ローズブレイド邸の使用人がセシリアの行き先を漏らすだろうか。

わずかに眉根を寄せ、セシリアは考え込む。

「実は新展開がありましてね。もしかしたら暗殺者の狙いは、ローズブレイド公爵かもしれないのです」

ところが、声をひそめて囁かれた内容で、セシリアは驚愕に満たされ、その他の疑問などどうでもよくなってしまう。

先ほどの、神官と貴族の会話で抱いた疑念を裏付けるようなものだ。やはり狙いはエルヴィスだったのかと、セシリアは青ざめる。

「そのことについて詳しくお話ししたいので、こちらの馬車に乗りませんか？　ローズブレイド邸に戻るまでの道のり、二人きりでお話ししましょう」

　ディランは自分が乗ってきた馬車を指し示し、提案してくる。

「……わかりましたわ」

　少し迷ったが、セシリアは頷く。

　普段ならば絶対に受けることのない申し出だ。だが、今はすぐにでもその話が聞きたい。

　先ほどの会話からしても、もしかしたら猶予は少ないのかもしれない。早くローズブレイド邸に戻るためにも、ここで押し問答しているような時間はないのだ。

「少しだけ待っていてください」

　ディランに一言断ると、セシリアは自分が乗ってきた馬車に向かった。そして、持っていた紙に素早くペンを走らせる。

「ディラン王子の馬車に乗って戻るから、先に戻っていてちょうだい。それと……念のために、私がすぐに戻らないようだったら、これをエルヴィスに渡して」

　セシリアは御者に紙を渡しながら、命じる。ザビニ伯爵が怪しい旨を記しただけの、走り書きだ。だが、エルヴィスならこれだけでもわかってくれるだろう。

　御者がうやうやしく紙を受け取ったのを確認すると、セシリアは護衛にもディランの馬車に乗ることを伝える。護衛は少し困ったような顔をしたが、何も言うことはなく頷いた。

「お待たせいたしました」

　セシリアは待っていたディランの手を取って、馬車に乗り込む。護衛は馬に乗って、後ろからついてくるはずだ。

「これで二人きりになれましたね」

にこやかにディランは口を開く。

「先ほどの、暗殺者の狙いがローズブレイド公爵かもしれないというお話について、詳しく聞かせていただけますか」

すぐに本題を持ち出すと、ディランは苦笑いを浮かべた。

「……わかりました。俺の護衛ハリーなのですが、身分を偽っていたことが明らかになったのです。とある子爵家の三男ということでしたが、そこに三男はいませんでした」

それでもディランはすぐに話し出してくれた。

セシリアは唖然として、ディランを見つめ返す。つい先ほど、もしかしたらハリーが暗殺者ではないかと疑念を抱いたばかりだ。

「え……それって……」

「身分を偽って、護衛として潜り込んだことになりますね。それも、まがりなりにも俺は第一王子で、使者として来ているわけです。護衛といった周囲の人間も当然、調査しているのですが、それをくぐり抜けたということです」

「つまり、権力を持った者が裏にいて、彼を送り込んできたと……」

「そうなりますね。そうして送り込まれた者の役割など、ろくなものではないでしょう」

顔をしかめるディランに、セシリアも頷く。

　ディランを邪魔に思う権力者がハリーを送り込んできたということだろう。すぐに思いつくのは、側妃が暗殺者を放ったということだ。

「ハリーはローズブレイドの騎士たちの訓練に参加したいと言い出すなど、ローズブレイド公爵に近付こうとしている意図がうかがえるのです。このところは、直接会話を交わしていることもあり、かなり近しくなっているようです」

　エルヴィスとハリーの話を聞き、セシリアは不快感がわき上がってくる。

　訓練場で二人が笑い合っているのをたまたま見かけたが、ディランも認識しているくらいに親しいらしい。

　ただ、本当にハリーが暗殺者だとすれば、エルヴィスがそれに気付かないまま、能天気に親しくするだろうかといった疑問も浮かぶ。

「それにしても、ローズブレイド公爵もなかなか薄情な方ですね。セシリア姫が飛び出して神殿に向かっても、迎えにも来ないとは」

　ディランがしみじみと漏らした呟きで、考え込んでいたセシリアは、はっと引き戻される。

「ローズブレイド公爵は氷の貴公子とも呼ばれているそうですが、その名のとおり冷淡なようですね。セシリア姫、考え直したほうがよいのでは？」

　心配そうな表情を作りながら、ディランはセシリアに囁きかけてくる。

　しかし、セシリアは微笑んで首を横に振った。

「そのようなくだらないお話より、暗殺者について続きを聞きたいですわ」

揺らぐことなくきっぱりと言い切ると、ディランがやや怯んだようだった。

逃げることなく、エルヴィスと向き合うと決めたのだ。その決意を示すように、セシリアはしっかりとディランを見据える。

「セシリア姫……」

やや呆然とした表情で何かを言いかけたディランだったが、そのとき馬車が大きく揺れて、口をつぐむ。

その後も馬車は揺れ続ける。舗装されていない道を無理に走っているようで、ガタガタと不安定だ。

さらに、外で怒声や悲鳴のようなものが響いた。

「何事だ！」

ディランは御者に向けて、声を張り上げる。

しかし、御者は何も答えることなく、速度を緩めることもない。

いったい何が起こっているのかと、セシリアも不安を覚える。まるで、急いでローバリーに連れ去られそうになったときのようだ。

ディランが窓を開けると、ちょうどディランの護衛が近付いてきたところだった。そこに向けて口を開こうとしたディランだが、護衛は馬車の中に何かを投げ入れてきた。

「なっ……」

たちまち馬車の中に白い煙が充満していく。

うっかり息を吸い込んでしまったセシリアは、甘ったるい香りに包まれながら、意識が薄れていった。

第七章　誘拐

エルヴィスは執務室にて、セシリアが神殿に向かったという知らせを聞き、大きなため息を吐き出した。

護衛は連れていったようだが、暗殺者に狙われているかもしれない現状では不安だ。

こっそりつけている監視は、護衛も兼ねている。腕が立つ者なので少しは安心できるが、そのことによってセシリアとの関係が悪化したことを思うと、エルヴィスの心は暗くなっていく。

監視をつけられていることを知ったセシリアは、激昂してしまった。今はエルヴィスと話したくないと、拒絶されたのだ。

「信用できないなど、思っていないのに……」

片手で額を押さえながら、エルヴィスは長い吐息を漏らす。

「何も言わずに監視をつけたのは、悪手でしたね。信用されていないと思われても仕方がないでしょう」

執事であるスタンが、すまし顔で口を開く。彼はエルヴィスよりやや年上で、幼い頃から知っている間柄だ。そのため主従ではあるが、かなり気安い関係と言える。

「これからあなたに監視をつけます、と言えばよかったというのか」

苛立ちを隠すことなく、エルヴィスは棘のある声を出す。

「護衛を増やします、とすればよかったのではないかと。護衛から旦那さまに話が伝わることくらい、セシリアさまでしたら予想できるでしょう。実質的には監視だと気付いても、きちんと伝えてもらえるのと、陰でこそこそ勝手にやられるのとでは、雲泥の差ですよ」

淡々としたスタンの答えに、エルヴィスは何も言えなくなってしまう。

冷静に考えれば、そうなのかもしれない。いや、これがもし仕事に関することであれば、エルヴィスは落ち着いて判断し、スタンの言うようにしていただろう。

だが、セシリアが関わっているとなると、私情を挟まずにはいられない。それがどうしても、目を曇らせてしまっているようだ。

「しかも、セシリアさまはこの部屋をご覧になったのですよね。どういう反応でしたか？」

四方の壁に飾られたアデラインの肖像画を見回しながら、スタンは問いかけてくる。それに対し、エルヴィスは奥歯を噛み締めるだけだ。

セシリアは自分自身ではなくアデラインの面影を見ているのではないかと怒り、エルヴィスのことを信じられないと言った。思い出すと、エルヴィスは暗澹たる思いに包まれる。

「はい、何もおっしゃらなくて結構です。さっさと外しておかないからですよ。せめて、一枚だけにしておけばよかったのに」

「……今は亡き姉、つまりは家族に、肖像画の中から見守ってもらうというのは、おかしなことなのだろうか」

「一枚だけでしたら、姉思いの範疇かもしれません。しかし、四枚は常軌を逸しています」

きっぱりとスタンは言い切る。

エルヴィスは言葉に詰まり、何も言い返せない。

「これでは、旦那さまにとっては今も、アデラインお嬢さまが一番大切なのだと思われても仕方がないかと思います。セシリアさまも、旦那さまが面影を追っているだけではないかと、不安になりますよ」

「……ならば、どうすればよい」

もはや自分の意見は当てにならない。エルヴィスはスタンに丸投げする。

「全部外して、代わりにセシリアさまの肖像画を飾ってはいかがですか？」

「そのようなことを……四方からセシリアに見つめられていては、落ち着かないだろうが。心焦がれて、仕事どころではない」

エルヴィスは首を横に振る。

いわば、アデラインは過去の人だ。思い出に見守られていると思えば、仕事にも身が入る。しかし、愛する女性に見つめられていては、何も手につかないだろう。居間や応接室ならよいだろうが、執務室には不適切だ。

「まず、四方の壁を肖像画で埋め尽くそうとしないでください。一枚だけでいいのです」

噛んで含めるように、スタンは言った。

エルヴィスは黙ったまま、渋々ではあったが頷く。

「完全に問題を遠ざけようとするのなら、いっそ肖像画ではなく、別の……はお嫌なのですね。

そこまで絶望的な顔をしなくても……」

　思わずといったように、スタンは苦い笑みを浮かべる。

「いや……セシリアに誤解され、嫌われてしまうくらいなら、いっそ……それも、仕方がないことか……」

　ため息を漏らしながら、エルヴィスは呟く。

　すでにセシリアとアデラインのことは、完全に切り離して考えている。アデラインへの執着も、手放したつもりだ。

　ただ、それでもアデラインへの敬愛の念が消えたわけではない。どうか天から見守っていてほしいとの思いは、変わらない。

　たかが肖像画を外すだけとはいえ、アデラインが遠ざかるような気がしてしまうのだ。しかし、それも今現在を共に生きているセシリアのためならば、受け入れるしかない。

　どうしてこうも未練がましくなってしまうのかと、エルヴィスは自分自身でもよくわからなかった。もしかしたら、心が弱っているのだろうか。

「それでしたら、旦那さまとセシリアさまを描かせてはいかがですか？　お二人の肖像画ならば、見つめられているという感覚も少ないかと思いますが」

「……そういう手もあるか……考えてみよう」

　歯切れ悪く答えながら、エルヴィスは大きな息を吐き出す。

　いつもと様子が違うと思ったのか、スタンが眉根を寄せながら、エルヴィスを見つめてくる。

「……ここのところの旦那さまは、普段とかなり違います。ディラン王子が現れたことが原因でしょうが……セシリアさまがローバリーに行ってしまうとお思いですか？」

「まさか」

即座に、エルヴィスは首を横に振る。

セシリアが離れていくなど考えたこともない。ディランと積極的に話そうとしているのも、早く事件を解決して結婚式を挙げるためなのだと、頭ではわかっている。

しかし、セシリアとディランが仲良く話をしている姿を見ると、どうしても冷静に考えられなくなってしまうのだ。ディランからセシリアを引き離し、そのまま連れ去って閉じ込めてしまいたい衝動を抑えるのが精いっぱいとなってしまう。

このような感情を抱くのは初めてのことで、先日からエルヴィスはずっと戸惑っている。いったい、これは何なのかと考え続けて、ようやくそれらしき答えを見つけた。

「……そうだな、嫉妬だ。ディラン王子はセシリアと一歳しか変わらない。若く、まだまだこれからだと言えるだろう。それに引き換え、私はこの先老いていく一方だ。今後もさらに美しくなっていくセシリアと釣り合わないのではないか……と」

頭を抱えながら、エルヴィスは呻く。

ディランから放たれた『おっさん』という罵りは、思いもよらないほどエルヴィスの心を深く抉り、侵食してしまっていた。

これまでエルヴィスには、傾きかけたローズブレイド公爵家を立て直し、当主としての役割を立派に果たしているという自負があった。令嬢たちが騒ぐことから、見た目も悪くないのだろうと思っている。

　地位、財産、容姿と、これまで引け目を感じたことはなかったのだ。他人に対して嫉妬を覚える経験自体が、そもそも希薄だった。

　だが、年齢だけはどうしようもない。努力で覆せるものではなく、せいぜい体を鍛えて衰えないよう気を付け、見た目の若さを保つようにするといった程度だ。時の流れそのものからは、逃れられない。

「老いていく一方……旦那さまはまだ二十代半ばでしょう。そのようなことを気にする必要は……ああ……最近、特に訓練に熱が入っていたり、まるで貴婦人のように美容品に興味を示したりしていたのは、そのためだったのですか」

　納得するスタンから、エルヴィスは気まずそうに視線をそらす。

　少しでも老化に抗おうと、できることを探していたのだ。今はローバリーの陰謀事件のまっただ中ではあったが、エルヴィスにとってはこちらも重要なことだった。

　万が一、セシリアの心がエルヴィスから離れていくようなことになれば、生きている意味がなくなってしまう。それに比べれば、陰謀事件など些末事ですらある。

「その若返りの美容品ですが、セシリアさまに届けられてしまったようです。メイドもまさか、旦那さまのものだとは思わなかったのでしょうね」

「……は？」

スタンの言葉を聞き、エルヴィスは背筋が冷たくなっていく。

「今なんと言った？　セシリアのもとに届いただと？」

「はい。まさかセシリアさまがお使いになるようなものではありませんからね。浮気相手に贈ろうとしているのではないかと、疑っていたようですよ」

「浮気相手……」

呆然と呟くと、エルヴィスは両手で顔を覆った。

「何故、そのような……私はただ……」

愕然としながら、エルヴィスは言葉にならない声を発する。

エルヴィスにとって、セシリアこそが唯一無二の存在なのだ。他の女性に興味を抱いたことなど一度としてなく、それはこれからも変わることはないだろう。

それなのに、老化に抗おうというエルヴィスの行いが、疑惑を招いてしまったというのか。

「ご安心ください。マーサが美容品のことはうまくごまかして、浮気疑惑も否定しておいたそうです」

「……そうか」

スタンの報告を受け、ようやくエルヴィスは安堵したように息をつく。

後でマーサにも礼を言っておかなければと、心に刻み込む。

「旦那さまに、若返りの美容品などまだ必要ないでしょう。おかしなことをするから、そのような誤解を招くのです」

「確かに、それはそうだが……」

スタンの言葉はもっともだったが、エルヴィスは素直には頷けない。

「どうしてそこまで、焦っているのですか？　氷の貴公子とすら呼ばれる方が。まさか本気で、セシリアさまに愛想を尽かされると思っているわけではないでしょう？」

「当然だ」

スタンからの問いに対し、エルヴィスは即答する。

「ではいったい何を迷っておいでなのですか？　それほどディラン王子が脅威ですか？」

「……わからない。自分でもどうしてこうなるのか、理解できない。ただ、どうしようもなく不安になってしまうのだ」

苦々しく吐露すると、エルヴィスは自分の胸に手を当てた。

「自分が劣っているかもしれないなど、考えたのは初めてだ……」

ディランは現在の立場が弱いとはいえ、ローバリーの第一王子だ。仮にセシリアを娶るようなことがあれば、おそらく王太子の座に就くだろう。そうすれば、次期国王となる。

将来的な身分や財産ならば、エルヴィス以上だ。見た目も悪くない。さらに、セシリアとは年頃も同じで、何から何まで釣り合っていると言えるだろう。

「……いっそ、セシリアを閉じ込めて、誰にも会わせないようにしてしまいたい。身の回りの世話もすべて私がして、彼女の世界に私しか存在しないようになればいいのに」

重々しいため息と共に、エルヴィスは暗い思いを吐き出す。

「うわ……」

スタンが引きつった顔で、思わずといった呻きを漏らした。

それを見て、エルヴィスは苦笑する。

「もちろん、そのようなことをすれば、セシリアがセシリアではなくなってしまう。単なる願望であって、行動に移すつもりはない」

念のために、エルヴィスは否定しておく。

二人だけの世界はとても魅力的だが、現実にはなし得ないことは理解している。セシリアの望まないことを強いて、苦しめたくもない。

セシリアのことを信用できないのではない。エルヴィスが本当に信用できないのは、自分自身のことなのだ。

「……結婚してしまえば、気が休まるのだろうか」

「夫婦になれば、そう簡単に離れることはできませんからね。でも、心はあっさり離れることだってありますよ」

希望にすがろうとするエルヴィスを、スタンはあっさり叩き落とす。

「……嫌なことを言う」

「火を絶やさないためには、薪をくべ続ける必要があるということです。また、親しき中にも礼儀ありと申しますように、何をしても許されるというわけでもありません。円満な夫婦関係を続けるにも、努力が必要ですよ」

スタンはすでに結婚しており、二児の父でもある。そのような彼の言葉は、エルヴィスに重たく響く。

もちろん、努力を惜しむつもりはない。これまでも、セシリアに対しては愛を示してきたはずだ。エルヴィスは過去を振り返りながら、考える。

「あ……」

監視のことが発覚する前にも、失敗していたことを思い出し、エルヴィスは小さく呻く。

嫉妬に突き動かされ、ふさわしくない振る舞いをしてしまったのだ。エルヴィスは己を自制心の強いほうだと思っていたが、そのようなことはなかった。言う必要のないことを吐き出しただけではなく、セシリアに対して無体な真似をした。

「何があったのですか？」

「いや……くだらないことを言ってしまった上、少し強引に……」

エルヴィスがぼそぼそと言葉を濁すと、スタンの目がゴミを見るようなものになった。

「最低ですね。まだ式を挙げる前だというのに……それは神殿に逃げられても仕方がありませんね……ああ、なんとおいたわしい……」

「待て、少し強引に口付けてしまっただけだ。その先はしていない」

慌ててエルヴィスが弁解すると、スタンは大きく息を吐いた。

「反省してください」

「……反省している」

エルヴィスはうなだれる。

抵抗はされなかったが、それは驚いていただけで、望んでいたわけではないだろう。何にせよ、一方的に想いを押し付けてしまったのは事実だ。

「セシリアさまはセシリアさまで、いろいろと思い悩んでいらっしゃるようですよ。自分の見た目が幼いから旦那さまと釣り合っていないのだと、印象を変えるために工夫していたとか」

「なんだ、それは」

予想だにしなかったことをスタンから言われ、エルヴィスは目を見開く。

「旦那さまから、自分と釣り合わないと匂わされたそうですが」

軽蔑するような眼差しと共にスタンから返ってきた答えに、エルヴィスは愕然とする。

心当たりはあるが、まったくもって違う方向に受け取られていたのだと、エルヴィスの血の気が引いていく。

「逆だ、逆。私のように年の離れた相手では、若く美しいセシリアと釣り合わないのではないかと思っただけだ。何故、セシリアが……」

引け目を感じているのはエルヴィスの側だ。それなのに、エルヴィスの嫉妬が意図しないままにセシリアを傷付けている。

何ということをしてしまったのかという後悔と罪悪感が、エルヴィスを襲う。

「そういえば……髪型が子どもっぽいかと言っていた。まさか、それほど気にしていたとは……

愛らしい妖精のようでありながら、ふとしたときに見せる気高い眼差しや凛とした態度は、幼いどころか高貴でしかないというのに……」

　エルヴィスはセシリアを幼いなどと思ったことはなかった。

　確かに小柄で、外見は幼く見えるのかもしれない。だが、目に宿った知性の光や、優雅な微笑みがそれを打ち消している。中身はむしろ、実際の年齢以上に成熟しているくらいだ。

　そもそもの出会いからして、セシリアはたった一人でローズブレイド家にやってきた。己を仇の娘と認識している、いわば敵地に乗り込んできて、エルヴィスに取引を持ちかけてきたのだ。最初はその豪胆さと賢明さに惹かれたとも言える。

　まさかセシリアが己を引け目に思うなど、考えもしなかった。

「……神殿に行ってくる」

　いてもたってもいられず、エルヴィスは椅子から立ち上がる。

　くだらない嫉妬からセシリアを傷付けたことを詫び、誤解を解かねばならない。

　このようなところでぐだぐだと思い悩んで愚痴を吐いていても、何も変わらないだろう。ならば、行動するのみだ。

「行ってらっしゃいませ」

　背筋を伸ばして立っていたスタンは、取りすました顔で礼をしながらエルヴィスを見送った。

　エルヴィスが屋敷から出て神殿に向かおうとすると、ちょうどセシリアが乗っていった馬車が戻ってくるところだった。

どうやら神殿に行く手間が省けたようだ。行き違いにならずによかったと思いながら、エルヴィスはこれからが正念場だと気を引き締める。

セシリアときちんと話し合い、誤解を解いてこそ、本当の目的達成となるのだ。

「ん……？」

しかし、馬車の様子がおかしい。馬の気が立っていて、速度も速い。エルヴィスは、何かが起こったことを察する。

御者が必死の形相で馬を操り、どうにか馬車を止めた。

「セシリア！」

馬車に駆け寄り、エルヴィスは顔をしかめる。血の臭いがしたのだ。

まさかセシリアに何かあったのかと、エルヴィスはぞっとする。

「だ……旦那さま！　馬車が襲われて！　護衛の方が！」

興奮して混乱した様子の御者が、悲痛な叫びをあげる。

「落ち着け、ここはもう安全だ。ゆっくり呼吸してから、話せ」

エルヴィスがなだめると、御者は言われたとおり、ゆっくりと息を吸って吐いた。

「……セシリアさまは、ディラン王子の馬車に乗って戻るとおっしゃいました。そして、この馬車は先に戻っている途中、何者かに襲われたのです。護衛の方が現れて、襲撃者を撃退してくれましたが、もう一人の護衛の方が大けがをして馬車の中に……」

青ざめながら御者が語る。

エルヴィスが馬車の扉を開けると、中にはセシリアにつけた護衛が倒れていた。監視役ではなく、通常の護衛だ。見たところ、別の場所で傷を負って、積み込まれたらしい。

「誰か、医者を呼べ！」

護衛にまだ息があることを確認すると、エルヴィスは声を張り上げた。

セシリアの安否が気にかかり、狂いそうなほどではあったが、ここで駆け出したところで何にもならない。エルヴィスはぐっとこらえて、目の前のことから片付けていく。

そこに、馬に乗った男が駆け込んできた。全身傷だらけで満身創痍ではあったが、エルヴィスを見つけると馬から下りて跪く。

こっそりセシリアにつけた、護衛を兼ねた監視だ。

「セシリアさまがさらわれました……！　賊が、ディラン王子の護衛や御者として潜り込んでいたようです。防ぎきれず、申し訳ございません……」

がっくりとうなだれながら、彼は報告する。

それを聞いた途端、エルヴィスは目の前が真っ暗になった。だが、そのような場合ではないと、意識を引き戻す。

おめおめと戻ってきたのかと叫びたくなる衝動をのみ込み、考えを巡らせる。

「……いや、よく戻ってきてくれた。下手に深追いして、お前まで戻らなくては、セシリアのことを知るのが遅れていただろう。他の者の命も救ってくれたことといい、よい働きだった」

エルヴィスが穏やかに声をかけると、彼は俯いたまま、何かをこらえるように震える。

もちろん最善は賊からセシリアを救い出すことだった。だが、戦力差でそれが不可能な場合、生きて戻って報告することが次善策と言えるだろう。

それも、傷付いたもう一人の護衛を救い出し、口止めのために襲われたであろう馬車も助けた上で帰ってきたのだ。十分に素晴らしい働きだと言える。

「そ……そうでした！　旦那さま、セシリアさまがこれを旦那さまにと……！」

御者が差し出す紙切れを、エルヴィスは受け取って読んでみる。

そこには、ザビニ伯爵が怪しいとだけ記された走り書きがあった。それは裏切り者である可能性が高い、調査中の貴族の名だった。

「セシリア……すぐに助け出します」

紙を握り締めながら、エルヴィスは決意を呟く。

セシリアが残してくれた情報で、調べるべき場所がかなり絞り込める。進むべき道筋が見えたからには、迷うことなどない。

早速、エルヴィスは騎士たちを集めようとする。

「……ローズブレイド公爵閣下！」

すると、ローバリーの護衛の一人から声をかけられた。

まだ若く、小柄な護衛で、ハリーという名だったはずだ。ディランについての情報を聞き出すため、ここのところ会話する機会が多かった。

「後にしてくれ」

しかし、今は話しているような時間はない。エルヴィスは歩みを止めることはせず、そっけなくあしらう。

「もしや、ローバリーの陰謀が動き出しましたか？」

ところが、次に続いた言葉で、エルヴィスは足を止めた。

「どういうことだ？」

エルヴィスが振り向くと、青みがかった緑色の目と視線が合った。まっすぐにエルヴィスを見つめ、目をそらすことのない力強さは、一介の護衛のものとは思えない。

「実は……」

決意を込めた眼差しでハリーが口を開き、エルヴィスはじっと耳を傾けていた。

‡

ぼんやりと、セシリアは意識が戻ってくる。

身をよじろうとするが、思うように動かない。しかも、体の節々が痛む。いったい何だろうと思ったところで、はっと気が付く。

セシリアがディランの馬車に乗ってローズブレイド邸に戻る途中、騒ぎが起こったのだ。ディランの護衛が馬車の中に何かを投げ入れ、それから意識が途切れている。

おそるおそる目を開けてみると、どうやら床に転がされているようだった。後ろ手に縛られていて、うまく体を動かすことができない。

それでも顔の向きを変えて、セシリアはどうにか周囲を見回す。

さほど広くない部屋に閉じ込められているようで、近くにはディランも転がっていた。セシリアから見ると背を向けているので、後ろ手に縛られている以外はどういう状態かわからない。

さらに部屋をぐるりと見回してみるが、それ以外に人の姿は見当たらなかった。

どうやらセシリアとディランは、共に誘拐されたようだ。

どれくらい経ったのかもわからないが、窓から差し込むやわらかい光は、朝のように思える。

もしかしたら、一晩が経過しているのかもしれない。

「……お姫さまのほうは、もう少しまともな場所に置いてやったほうがよかったんじゃないか」

隣の部屋から、声が聞こえてきた。扉が少しだけ開いているようだ。

セシリアはびくりと身をすくませてしまう。それからすぐに息をひそめ、聞き耳を立てる。

「今さらだな。怪我をしているわけじゃないから、構わないだろう」

「でも……丁重にお連れするようにと……」

「いいんだよ。どうせ俺たちのことなんて、忘れるんだからな。俺たちは王女殿下を無事な姿で送り届け、褒賞をもらって終わりなんだ」

「で……でも、お姫さまは未来のローバリー王妃さまなんだろう？　よくしておいたほうが、覚えがめでたくなるんじゃないか……？」

「はっ……自分をさらった相手をよく思うはずがないだろ。だいたい、上を蹴落とそうと企んでいる二番目が、うまいことといったからって末端に報いるなんて思えないな」

二人の男が話しているようだ。一人はセシリアに対して同情的なところもうかがえるが、もう一人は斜に構えたような物言いをしている。

彼らの会話から、やはりローバリーの陰謀に関連していて、おそらく第二王子の手の者だろうと、セシリアは見当をつける。

もしかしたら第二王子本人ではなく、その母である第三側妃が企んだことかもしれないが、セシリアにとってはどちらも同じことだ。

そこで、神殿で聞いたザビニ伯爵と神官の会話を思い出す。

はっきりとは聞き取れなかったが、子爵の紹介で側妃がどうのと言っていたはずだ。おそらく、その子爵とは第三側妃と血縁関係があるというフィッツ子爵のことだろう。

さらに、セシリアは使者を歓迎するパーティーのことが脳裏によみがえる。

ザビニ伯爵ともう一人の貴族が何かを話しているのが気になったが、もしやその貴族はフィッツ子爵だったのではないだろうか。そこから第三側妃と繋がり、今回の誘拐もザビニ伯爵が絡んでいるのではないだろうか。

確証はないが、その可能性は高いように思えた。今すぐエルヴィスに伝えたいが、セシリアには何もできない。悔しさに歯噛みする。

「……こんな風にさらって、大丈夫なのか……？　ええと、国際問題とか……戦争が始まってしまうなんてこと、ないよな……？」

「そこは洗脳して、王女殿下が望んだようにするらしい。第一王子がさらったことにして、それを第二王子が救い出して愛が芽生えたとか、なんとでも言い訳を作るんじゃないか」

そこに恐ろしい話が聞こえてきて、セシリアは身を震わせる。

己の意思と関係なく、見知らぬ相手との間に偽りの愛を植え付けるというのか。何という冒涜だろう。

いくら企みがあるとは言っても、正面からセシリアに求婚してきたディランのほうが、よほど好ましく感じられる。

「……余計なことを話しているようだな。それよりも、そろそろ出る時間だ。思ったよりも、向こうの動きが早い。まともに国境を越えられそうにないが、どうすればいい」

今までの二人とは違う男の声が加わった。

「東の大河を渡ればいい。少し前から、一部が干上がっているはずだ」

斜に構えた男が答える。

「そうか。平和ボケしたこの国の連中にはさほど期待していないが、それが正しいことを願っている」

「ちっ……」

舌打ちするような音を最後に、足音が近付いてきた。セシリアは慌てて床に伏せて、意識を失っているふりをする。

「……第一王子のほうは、わざわざ連れていく必要があるのか？　どうせ始末するんだろう？」

「確かに始末はするが……まだ先のことだ」

「邪魔になるだろう。荷物が減れば、それだけ移動速度も上がる。俺が始末してやる。平和ボケしているかどうか、確かめてみろ」

　セシリアとディランを見下ろす男たちが、物騒な会話を交わしている。後から加わった男に対して、斜に構えた男が反抗しているようだ。

　つい、セシリアはびくりと反応してしまう。

「おや、王女殿下。お目覚めですか。ということは、第一王子も……」

　驚いた様子もなく、斜に構えた男がそう口にする。

　すると、ディランがうんざりしたように上半身を起こした。

「第三側妃の手の者か？　ずいぶんと短慮な手段に出たな」

　はっきりとした声でディランが嘲る。どうやら、セシリアと同じように男たちの話を聞いていたらしい。

「残念だけど、第一王子に生きていてもらっちゃ困るお方がいるようでしてね。というわけで、ここでさよならです」

　斜に構えた男が剣に手をかける。

「や……やめて……！」

　セシリアは叫ぼうとするが、口から出てきたのはかすれた呻き声だ。

　それでも狭い部屋には響いた。今にも剣を抜こうとしていた男が、手を離す。

「……王女殿下に見せる場面ではないな。二階に連れていってやれ」

斜に構えた男がそう命じると、セシリアは男の一人に担がれてしまう。

「やっ……やめっ……」

抵抗しようとするが、非力なセシリアでは無駄だった。担がれたまま、ディランのいる部屋から遠ざかっていく。

暗殺者の狙いはディランの命であり、セシリアを連れ去ることだった。

セシリアを連れ去るために、邪魔なエルヴィスを先に始末しようとしているのではないかと思っていたが、彼は無事なのだろうか。

最も怪しいと目されていた護衛ハリーはこの場には見当たらないが、いったい何だったのだろうか。

様々な疑問が頭を駆け巡っていくが、今一番の問題はディランが殺されそうになっていることだ。それなのに、セシリアは荷物のように運ばれていくだけで、何もできない。

助けてと祈りながら、セシリアはぎゅっと目を閉じた。

‡

ディランは、セシリアが二階に連れられていくのを、少しだけほっとしながら見送った。

男たちはディランを始末するつもりのようだが、セシリアは連れ去ろうとしている。決して喜べることではないが、少なくとも彼女の命を奪う気はないようだ。

「……いちいち見てられん。先に行って準備している」

男の一人がそう言って、足早に去っていった。先ほどの会話では、後から加わった男だ。顔は隠していたが、おそらくローバリーの者だろう。

「さて、覚悟はいいか？」

セシリアの姿も見えなくなり、剣を抜こうとしていた男が声をかけてくる。平和ボケしていると言われて、憤ったらしい男だ。

「ここでやる気？　やめたほうがいいんじゃないの。得物が剣なら、部屋に血が飛び散るよ」

へらへらと笑いながらディランがそう言うと、目の前の男がぎょっとした顔をした。

「なんだ、こいつ……いや、確かにそのとおりだが……」

殺されそうになっているのに笑っているディランを不気味に思ったのか、目の前の男はやや引いている。

「外でやったほうが、掃除の手間が省けるよ。あと、下手に死体を残しておくと足がつくから、きちんと埋めていったほうがいい」

さらにディランが助言すると、目の前の男の顔がますます渋いものになっていく。

ディランは笑顔を作ったまま、これくらいで動揺するとは、こういったことに慣れていないのだろうかと、内心で思う。平和ボケしていると言われていたが、そのとおりらしい。

黒幕は第三側妃だろうが、彼女はこの国の貴族と血縁関係がある。その繋がりで調達した者たちなのかもしれない。少なくとも、剣を抜こうとした男はこの国の者だろう。

何にせよ、少しは時間稼ぎができそうだ。

先ほどの会話で、向こうの動きが早いと聞こえてきた。つまり、ローズブレイド公爵エルヴィスがすでに動いているということだろう。さすが年の功だ。

せめてセシリアだけは無事に帰してあげたい。少しでも賊を足止めすれば、助けが間に合う可能性が高くなる。

「できれば死体はバラバラにして、あちこちに埋めることをおすすめするよ。そのほうが、誰か特定するのが難しくなる」

拘束されて抵抗することもできないディランに可能なのは、自分の身をもって賊を足止めすることくらいだ。賊がここから去るのを少しでも引き延ばすべく、提案する。

悔しいけれど、後のことはローズブレイド公爵に託すしかない。セシリアの愛を得ているという時点で許しがたい存在ではあるが、有能なのは確かだろう。

セシリアが無事に生き残って幸せになるのであれば、ディランはここで殺されても救われるような気がした。

「そ……それなら、歩け！」

やや怯みながら、目の前の男がディランを促す。

抗うことなく、ディランは立ち上がってゆっくりと歩き出した。案内されるまま、男の後についていく。

外に出ると、今までいた場所が二階建てのこぢんまりとした屋敷だったことがわかる。あまり使われていないようだが、狩り用の別荘あたりだろうか。

「セシリア姫……」

屋敷の二階を見上げながら、ディランは目を細める。

最初は、父ケヴィンがセシリアを欲しているため、父への復讐も兼ねて彼女を狙った。父が望んでいるのは女神の加護だろうから、自分がそれを得れば立場を確固たるものにできるといった打算も含んでいる。

だが、セシリアのことを調べていくうちに、境遇が自分と重なったのだ。

母が田舎の男爵家出身であること、冷遇されてきたこと、さらには高い場所が苦手だということまで、似ていた。まるで、性別が違うだけのもう一人の自分のようだった。

それでいながら不遇を覆し、いっときは女王にまで昇り詰めたのだ。どうやらその座には興味がなかったらしく、目的を果たせばすぐに退位したようだが、もう彼女を軽んじる者はいない。

興味を惹かれて実際に近付いてみれば、愛らしくたおやかな容姿でありながら、凛とした気高さを併せ持ち、ディランはすぐに心を奪われた。

よく似た境遇でありながら、セシリアは一歩先を進んでいる。彼女と一緒に歩むことができれば、ディランも大きく踏み出せるだろう。

同じような二人だからこそ、もっと先を目指せると思った。

「さて、殺すのならひと思いにやってほしいな。痛いのは嫌なんだ。バラバラにするにしても、死んでからのほうが暴れることもなく、楽なはずだし」

だが、自分はここまでのようだ。たとえ目の前の男からどうにか逃れたとしても、近くには何人もの賊がいる。ほんのわずか、命を引き延ばすことができるかどうかだろう。

それでも、セシリアさえ無事ならば、もう一人の自分が無事に生き残っているようなものだと、ディランは満足感を覚える。

「……命乞いはしないのか？」

目の前の男が尋ねてきて、ディランは首を傾げた。

「命乞いしたら、助けてくれるわけ？」

「いや、それは……」

「だったら、無駄なことをしても意味がないな」

ディランは苦笑しながら答える。

それにしても、馬鹿正直なことだと変に感心してしまう。命乞いをさせて嘲笑いたければ、助けると言えばよいだけだ。そのような口先だけの約束、いくらでも破れるだろう。

「まさか、死にたいのか？」

「……そんなわけないだろ。はっきり言ってこわいし、嫌に決まっている。ただ、ここで無様に泣いて喚き散らし、セシリア姫の記憶に情けない男として残ることのほうがこわいんだ」

せめて、セシリアには少しでもよい姿で、覚えていてもらいたい。そうすれば、セシリアがいる限り、ディランも生き続けているようなものだ。

「命乞いはしないけれど、何か乞うのなら、俺を殺してセシリア姫は解放してほしい。俺がいなくなれば、第二王子にとっての邪魔者は消える。わざわざセシリア姫をさらわなくても、王位は手に入るはずだ」

無駄だろうとは思いつつ、ディランはそう願う。

腹違いの弟である第二王子とは、これまで接点がほとんどなかった。ただ、彼の母である第三側妃の後ろに隠れている、気弱な少年という印象だけがある。

彼ならば言いくるめることはできそうな気もするが、第三側妃は無理だろう。

「残念だが、それは無理だな。さて、そろそろ覚悟してもらおうか」

やはり、拒絶されてしまった。ディランはため息を漏らす。

「ああ、そうだ。俺の死体をセシリア姫に見せないよう、気を付けてくれよ。そんな嫌な記憶を植え付けたくないんだ」

平然とした態を装い、ディランは笑みを浮かべる。

いざ死が迫ってくると、体が震えそうになってしまう。本当は、誰かれ構わずすがりつき、助けてくれと泣き叫びたい。

それでも、無様な姿でセシリアの心に残るのだけは避けたい。ただその一心だけで、ディランはやや引きつりながらも笑顔を作ったまま、男が剣を抜くのを眺める。

「待て！」

そこに、やや高めの声が響いた。

男が思わずといったように、剣を抜こうとする手を止める。

「……ハリー？」

現れたのは、ディランの護衛であるハリーだった。何が起こっているのかわからず、ディランは眉根を寄せる。目の前の男も混乱しているようだ。

ディランや男が固まるなか、ハリーは堂々とした足取りで近付いてくる。

ハリーが暗殺者だろうとディランは考えていた。

まさか、ローズブレイド公爵を始末したから、今度はディランのところにやってきたのだろうかという考えが浮かぶが、即座に打ち消す。

すでにローズブレイド公爵は動いているというのだから、彼は無事なのだろう。

それならば何故だろうと思うと、ハリーはディランの横で剣を抜いた。

自らの手で始末したいということだろうか。個人的に恨みを買っていただろうかと、やや現実逃避気味な疑問が浮かんでくる。

しかし、ハリーが剣を向けた先は、ディランの手を縛っていた縄だった。ばっさりと縄が切り落とされ、ディランの手が自由になる。

「なっ……」

男があっけに取られるなか、いち早く立ち直ったのはディランだった。後ろに飛びのき、目の前の男から距離を取る。

それと同時に、ハリーがディランの目の前にいた男に向けて剣を振り下ろした。

「囲め！　逃がすな！」

斬られた男が倒れるのに合わせたかのように、叫びが響く。ローズブレイド公爵エルヴィスの声だ。

たちまち屋敷の周辺を騎士たちが取り囲む。周辺にいた賊たちが、騎士たちによって取り押さえられていった。

どうやら助かったらしい。いささか呆然としながら、ディランは急展開を見守る。

「セシリアはどこに⁉」

エルヴィスがディランに駆け寄ってきて、焦った声で問いかけてくる。

「屋敷の二階に連れていかれて……」

「ああっ！」

ディランが答えかけたところで、騎士たちからどよめきが起こる。

屋敷が火に包まれたのだ。油でもまかれたのか、燃え上がるのが早い。入口はすでに炎に塞がれてしまっている。

「セシリア！」

即座に、エルヴィスが炎に包まれた入口に向かって駆け出す。

ディランはその光景を、愕然としながら見つめることしかできなかった。自分もセシリアを救いに行きたいのに、足がすくんで動かないのだ。

幼い頃の、住んでいた屋敷が火事になったときの恐怖がよみがえり、震えが止まらない。全身を変な汗が流れ、先ほど殺されかけたとき以上に動揺している。

　セシリアを助けられるのなら、自分の命など投げ捨ててもよいと思っている。それなのに、どうして体が動かないのだと、ディランは悔しさで唇を噛み締めた。

‡

　屋敷の二階に運ばれてきたセシリアは、ひとつの部屋の椅子に安置された。

「お姫さまはここでおとなしくしててください。お姫さまには何もしないんで」

　運んできた男はすぐに引き返していったため、セシリアは部屋に一人でぽつんと取り残されることになる。どうせ一人では逃げられないだろうからと、甘く見られているのだろう。

　部屋の奥には大きな窓があり、そこからバルコニーに出られるようだった。様子を確かめにいこうとして、セシリアは椅子から転げ落ちてしまう。

「う……」

　後ろ手に縛られていることで、バランスを崩してしまった。床に倒れてしまい、起き上がることもなかなか難しい。

　今にもディランは殺されそうになっているというのに、セシリアは何もできない。悔しさで涙が浮かんでくるが、ぐっとこらえてどうにか立ち上がる。

「ここは二階だから、この縄さえどうにかなれば……」

セシリアは周囲を見回し、手を縛る縄を切るための道具がないかと探す。ここは二階なのだから、縛られていなければ飛び降りて逃げることが可能かもしれない。

しかし、殺風景な部屋には椅子とテーブルくらいしかない。それならば、椅子やテーブルにどこか尖った場所はないだろうかと、セシリアは確かめる。

そうしているうちに、外から騒がしい音が聞こえてきた。しかも、エルヴィスの声らしきものまでが耳に届く。

もしや、エルヴィスが助けに来てくれたのだろうか。セシリアは希望がふつふつとわき上がってくる。自然と、口元に笑みも浮かんできた。

「もうダメだ！　せめて密書だけでも始末しろ！」

ところが、屋敷の中から切羽詰まった叫びが響いた。

嫌な予感を覚えて、セシリアは部屋の外に出て階段に向かう。しかし、下りていこうとすると、階段の下が激しく燃え上がった。

「え……!?」

這い上がってくる炎から逃げ、セシリアは先ほどの部屋に戻る。

どうやら賊が屋敷に火を放ったらしい。密書を始末ということから、おそらく証拠隠滅のためだろう。

だが、このままではセシリアまで存在を消されてしまう。すでに煙は部屋まで到達していて、ぼんやりしている時間はない。

「そうだわ、バルコニーに……！」

セシリアは窓に向かう。幸いにして窓は少し開いていたようで、軽く体当たりしただけでバルコニーに出ることができた。

「……セシリアさまだ！」

屋敷を取り囲んでいた騎士たちが、バルコニーに出てきたセシリアに気付いた。

「セシリア！」

今まさに炎に包まれた入口に突撃しようとしていたエルヴィスが、騎士たちの声に反応して、バルコニーの下にやってくる。

「エルヴィス！」

助けに来てくれたエルヴィスを見て、セシリアは胸に安堵が広がっていく。

「うっ……げほっ……げほっ……」

しかし、部屋の中からあふれてきた煙にむせて、セシリアは咳き込む。まだ助かったわけではないのだと、冷水を浴びせられたようだった。

「セシリア、飛び降りてください！」

下からエルヴィスが叫ぶ。

それを聞いて、セシリアはバルコニーの手すりに近付いた。そう高くないので、乗り越えることはできるだろう。

「あ……」

だが、手すりから下をのぞきこんだ途端、セシリアは血の気が引いていく。

前世のアデラインの最期は、高い塔から突き落とされての転落死だった。そこから落ちていくときの記憶が、まだセシリアには残っている。

まして、今は後ろ手に縛られている状態だ。バランスを崩したまま、ただ落ちていくことしかできないだろう。

それは、アデラインの死の再現のようなものだ。今いる場所は二階なのだから、そう高いはずはないのだが、地面がはるか遠くに見えてしまう。

恐怖で体が震え出す。足がすくみ、セシリアはその場から動くことができない。

「必ず受け止めます、飛び降りてください！　今度は、必ずあなたを……！」

そこにエルヴィスの声が響き、セシリアははっと引き戻される。

アデラインの記憶と違い、今度はエルヴィスがいて、必ず受け止めてくれる。そう思うと、セシリアの足の震えが止まった。

終わりを迎えるために、一人で落ちていくのではない。愛しい相手の腕に飛び込んでいくだけで、いわば新たな始まりとなる。

エルヴィスを信じて、任せればよいだけだ。他のことは何も考えず、セシリアは前につんのめるように手すりを乗り越え、頭から落下する。

「……っ！」

それでもやはり恐ろしく、ぎゅっと目を閉じていると、衝撃があった。しかし、痛みはなく、たくましい腕に受け止められている。

おそるおそるセシリアが目を開けてみると、泣きそうになりながら微笑むエルヴィスの顔が目の前にあった。

「今度は……受け止められました……」

感極まったように、エルヴィスはセシリアを抱き締める。そして、セシリアの手が縄で縛られていることに気付くと、すぐにナイフで縄を切り落とした。

セシリアは広い胸に顔を埋めながら、自由になった腕で自分もエルヴィスにしがみつく。飛び降りたときの恐怖や助かったという安堵が入り交じり、言葉は何も出てこないまま、涙があふれてくる。

今、助かったというだけではない。前世の最期すら乗り越えたかのようだ。

セシリアだけではない。エルヴィスも、この瞬間を噛み締めるようにセシリアを強く抱き締めている。彼こそ、今度は本当に救うことができたと思っているのかもしれない。

セシリアとエルヴィスは、二人だけがわかる想いを込めて抱き締め合っていた。

「そんな……セシリア姫も高い場所が苦手で……それなのに、ローズブレイド公爵を信じて飛び降りることができたというのか……ローズブレイド公爵だって、火の中に飛び込もうと……」

抱き合う二人を、ディランが信じられないといった顔で眺める。

「……かなわないな」

ぼそりと呟いたディランの声は、騎士たちが上げる歓声にかき消され、誰に届くこともなく消えていった。

第八章　問題解決

救い出されたセシリアは、エルヴィスと共にローズブレイド邸に戻ってきた。

ディランとハリーも一緒で、四人は応接室で顔を突き合わせる。そして、セシリア姫をローバリーの事情に巻き込んでしまい、申し訳ありません」

「まずは助けてくださったことにお礼を申し上げます。そして、セシリア姫をローバリーの事情に巻き込んでしまい、申し訳ありません」

殺されかけたディランも今は落ち着いたようで、しっかりとした口調だった。

「……セシリア姫を運命の相手だと思ったことは、今も変わっていません。しかし……ローズブレイド公爵との絆を見ると……俺はきっと何かの間違いで生じた、存在すべきではなかった不要物としか……」

しかし、続く言葉はかなり意気消沈したもので、その落ち込みぶりにセシリアは慌てる。このままでは世を儚んでしまうのではないかといったくらいだ。

「あの……ディラン王子は、私と似ているとおっしゃっていましたよね。確かにそうだと、私も頷きました。でも……根本的なところが違うと思うのです」

セシリアが静かに口を開くと、ディランが不思議そうに見つめてきた。

「ディラン王子は、女として生まれてくればよかったのにと母君から言われていたそうですね。私も両親から、男として生まれてこなかったことをよく責められたものです。一見、性別が違うだけで同じようですけれど……」

　いったん言葉を区切り、セシリアはディランをまっすぐに見つめる。

「ローバリーも、基本的には男子が王位を継承するそうですね。女として生まれてくれば、王位争奪に巻き込まれることもなく、暗殺に怯えることはなかったでしょう。ディラン王子は母君に愛されていて、その身を思っての言葉だったのではありませんか？」

　セシリアが問いかけると、ディランは目を見開いた。

「それは……」

　目を伏せながら、ディランは呟く。否定することはなく、何かを思い出しているような彼の顔は、幼くも見えた。

「私の場合は、両親の都合を押し付けられただけで、そこに愛情はありませんでした。でも、ディラン王子は愛されていたのでしょう。一見、同じように思えても、そうではありません。あなたと私は、違うのです」

　おそらくディランは、セシリアと境遇が共通していることから、実際以上に同一視して運命を感じたのだろう。だからセシリアは、似ているようでも違うのだと強調する。

　ディランのセシリアに対する想いは錯覚だったのだと、思ってほしかった。

「……そう、ですね……」

　俯きがちに、ディランはかすれた呻きを漏らす。

　実際には、セシリアの母ヘレナは最期に愛情らしきものを見せ、父ローガンも以前とは変わっていた。そのことを思うと、セシリアは胸の奥がうずく。

「ところで、ハリーさまはいったい何者なのですか？」

セシリアは苦い思いをごまかすように、今度はハリーに向き直る。

わざわざこの場に通されたことから、今回の件に深く関わっているのだろう。それも、暗殺者ではなかったようだ。

エルヴィスはすでに知っているようだが、セシリアは屋敷に戻ってくるまでの間に、それを尋ねる余裕はなかった。

すると、ハリーは己の頭を両手で抱えた。黒い髪が持ち上がり、離れていく。どうやら、黒髪はカツラだったようだ。

その下からは金色の髪が流れていった。肩よりもやや長めの金髪が、さらりと揺れる。

「本名は、ハリエット・バートンと申します」

にこりと笑いながら名乗ったハリエットの声は、やや低めながらも女性のものだった。これまでは、わざと声を潰していたらしい。

ずっと少年だと思っていたハリーは、ハリエットという女性だったようだ。セシリアは驚きのあまり、言葉を失ってしまう。

「……ああ！　そうだ！　バートン公爵令嬢！　親父殿の正妃候補じゃないか！」

しばらく固まっていたディランが、驚愕の叫びを上げた。

その言葉で、セシリアはさらにびっくりする。

公爵令嬢が護衛などやっていたのか。さらに、ケヴィンの正妃候補だというのか。様々な疑問がわき上がってきて、考えが追いつかない。

ただ、ディランも知らないような希少な宝石のことを知っていたのは、公爵令嬢という身分のためだったのかとぼんやり思う。

「セシリア……とディラン王子がさらわれたとき、ハリエット嬢が正体を明かして協力を申し出てくれたのです。セシリアが渡してくれた情報とも照らし合わせ、犯人を絞り込むことができました」

エルヴィスが説明する。敵対する立場ではなかったことで、セシリアはひとまず安心するが、まだまだ疑問は尽きない。

やはり最も衝撃的だったのは、ハリエットが女性だったことだ。もっとも、エルヴィスと笑い合っていることで不快になったのは、そのためだったのかと納得でもある。

ローバリーの陰謀との関連など、重要なことはもっと他にあるはずだ。しかし、セシリアはそこが気になって仕方がない。

「……エルヴィスは、ハリエット嬢が女性だとわかっていたのですか？」

「訓練を見ていて、もしかしたらそうかもしれないとは思いましたが……それがどうかしましたか？」

「気付いていたから、仲良くしていたのですか？　あんなに楽しそうに笑い合って……」

つい口調に恨みがましさがにじんでしまう。

　それを聞いたエルヴィスはきょとんとしていたが、ややあってから目を見開く。口元がわずかに緩んできているようだ。

「それは……もしかして、嫉妬してくれたということですか？」

　静かな声でエルヴィスから問いかけられ、セシリアは言葉に詰まった。

　この場にはディランとハリエットもいるというのに、醜い思いを吐き出してしまったと、後悔が襲ってくる。

「まさか、あなたが嫉妬してくれるとは……嬉しくて仕方がありません。もちろん、心配しているようなことは何もありませんよ。私が愛しているのはセシリアただ一人です。ああ……嫉妬していたのが私だけではなかったとは……」

　感に堪えない表情で、エルヴィスはセシリアを抱き締める。

「エ……エルヴィス……」

　セシリアは突然のエルヴィスの行動に慌てる。ディランとハリエットの前で、いったい何をやっているのだろうか。

「あなたの心が離れていくのではないかと、不安でなりませんでした。みっともなく嫉妬して、あなたを傷付けて……申し訳ありませんでした」

　苦しそうに囁かれた言葉に、セシリアは唖然とする。

　相手の心が離れていったらどうしようと不安になっていたのは、セシリアだけではなかったのだ。エルヴィスまでもそう思っていたなど、知らなかった。

「そんな……私もあなたの話をきちんと聞かずに飛び出して……さらわれてしまったのだって、もとはといえばそのせいで……」

「もう過ぎたことです。それに責められるべきは、あなたにそのような思いをさせてしまった私です。私がもっと動じることなく、しっかりとしていればよかったのです」

「エルヴィス……」

　セシリアとエルヴィスは抱き合ったまま、見つめ合う。互いにすれ違い、絡まっていた糸が解けていくようだ。

「……ええと、席を外したほうがよいでしょうか」

　困ったようなハリエットの声で、セシリアははっと我に返る。エルヴィスもやや気まずそうに、セシリアを抱き締めていた腕をはずした。

「いや、話が途中でした。申し訳ありません」

　軽く咳払いをして、エルヴィスは真面目な顔に戻る。

　ディランは苦々しいような、やや引きつった笑みを浮かべていたが、何も言うことはなかった。そっとため息を吐くだけだ。

　ハリエットは苦笑したが、すぐに表情を引き締める。

「まず、ローズブレイド公爵閣下とは、訓練の際に世間話をしただけですので、ご安心ください。いわば、互いに情報の探り合いをしていただけです」

　ハリエットから優しく微笑みかけられ、セシリアは顔が熱くなっていく。気を使われてしまい、恥ずかしい。

「そもそも、どうして俺の護衛に紛れ込んでいたんだ。バートン公爵令嬢は、親父殿の正妃候補じゃなかったのか」

「そんな候補から逃げてきたに決まっているでしょう」

ディランの疑問に対し、ハリエットは忌々しそうに答える。

思わずセシリアは、口元に苦い笑みが浮かび上がってきた。ハリエットはセシリアとそう変わらない年齢だろう。気持ちは、わかる。

「……もともと私はバートン公爵家の唯一の子で、跡継ぎとして育ってきました。ところが先日、弟が生まれたためにお役御免となったのです。父はあっさりと手のひらをかえし……邪魔になった私を国王陛下に嫁がせようとしたので、逃げてきました」

淡々とハリエットは語る。

その行動力に、セシリアは呆然とする。単身で護衛に扮して隣国まで逃げ出すなど、セシリアにはできそうにもない。

仮にセシリアが逃げ出そうとすれば、エルヴィスに捕まって監禁される未来しか浮かばない。そこまで想像して、逃げる理由もないかとセシリアは考えを打ち消す。

それよりも、以前ハリーが女王の座について尋ねてきたことがあったが、その理由が何となくわかるようだった。それまでの立場を失った己を重ねたのだろう。

「こちらの国王ジェームズ陛下に、ローバリーの陰謀について教えたのも、ハリエット嬢ですね？　亡命しようとしての手土産でしたか？」

　エルヴィスが問いかけると、ハリエットは頷いた。

「ギルバート殿下の婚約者である、モラレス侯爵令嬢とは血縁関係があるので、その伝手を使いました。ローバリーの側妃とこちらの国の貴族が何やら企んでいるようだというのは、耳に入ってきていましたから」

　以前、モラレス侯爵家はローバリーの公爵家と縁戚だと聞いたが、それがハリエットの出身であるバートン公爵家だったらしい。そういう繋がりだったのかと、セシリアは頷く。

　ただ、それにしてはハリエットの行動がちぐはぐな気がする。

「逃げるのはいいとして、それなら俺の護衛に紛れ込んだのは何故だ？　親父殿の正妃になりたくないから、この国に亡命しようとしていたんじゃないのか？」

　セシリアの疑問を拾い上げたかのように、ディランが問いかける。

　わざわざ身元を偽ってまで、護衛に紛れる理由がよくわからない。亡命するだけなら、ローバリーの陰謀を手土産にするだけで、事足りるのではないだろうか。

「……最初は、ただ亡命するつもりでした。でも、気になることがあって、確かめたかったのです。そのために護衛として入り込みました」

「何を確かめたかったんだ？」

「それは……陰謀とは関係のない、とても個人的なことです」

　ハリエットは気まずそうにそう答え、口を閉じた。

「それは何だ？」

「個人的なことです」

「だから……」

何度ディランが尋ねても、ハリエットはそれ以上答えなかった。しばらくやり取りを繰り返した後、ため息交じりにディランが諦める。

「……本当に、陰謀とは関係がないんだな？」

「はい。誓ってありません」

きっぱりと答えたハリエットを見て、ディランは渋々ながら納得したようだった。

「わかった。じゃあ、その確かめたかったことというのは、もう終わったのか？」

「いえ……まだです」

「それなら、これからも俺の護衛を続けるつもりか？」

「できればそうしたいと思っています」

ハリエットの答えを聞き、ディランは困ったように頭をかいた。

「公爵令嬢をなあ……」

唸りながら考え込むディランを、ハリエットはじっと見つめている。その目には切なそうな光が浮かんでいて、何かを訴えかけているようでもあった。

その様子を見ながら、セシリアはハリエットが確かめたいことというのは、ディランに関連する何かだろうと予想がついた。それも、おそらく好意に近い感情だろう。

「エルヴィス……あの二人……」

セシリアはそっと、エルヴィスに耳打ちする。

「そっとしておきましょう」

エルヴィスは小声で囁くと、セシリアに向かって微笑みかけた。

こうしてエルヴィスが何も言わないということは、きっと本当に陰謀に関連するようなものではないのだろう。

それならば、外から口を出すことではないと、セシリアは何も言うことはなかった。

‡

無事にエルヴィスと仲直りすることができて、セシリアには心の平穏が戻ってきた。

調査のためにエルヴィスは忙しく、日常はまだだったが、それでも解決に向かっている。未来が開けているので、暗い思いからは解放された。

「今日の予定はどうなっていますか？」

朝、王城に向かおうとするエルヴィスは、見送るセシリアに尋ねてくる。

「まずは、怪我をした護衛のお見舞いに行こうと思っていますわ。それから、ディラン王子とハリエット嬢とお茶の約束をしています」

「そうですか。あなたが見舞いに行けば、喜ぶでしょう。命に別状はなく、いずれ復帰することもできるそうなので、安心してください」

　エルヴィスは穏やかに微笑む。

　誘拐事件のときに傷付いた護衛のことを案じていたが、大事には至らなかったようで、セシリアは胸を撫で下ろす。

「ええ、よかったですわ。ところで、もう一人怪我をしたという……」

　セシリアは言いよどむ。正式にセシリアの護衛となっていた者以外に、エルヴィスがこっそりつけた監視も怪我をしたらしいと聞いていたのだ。

「ああ……彼は軽傷だったので、もう復帰していますよ。逃げた神官の捜索をしています」

「え……もう復帰しているのですか……」

　あっさりとした答えに、セシリアは目を瞬かせる。

「もともと、腕の立つ者でしたからね。何も相談せずに勝手なことをしてしまいましたが……あなたを守りたいという気持ちの表れでした。ですが、今後はきちんとお話しするようにします。申し訳ありませんでした」

　エルヴィスは、セシリアに勝手に監視をつけたことを謝罪してくる。

「い……いえ、私のためを思ってのことだったとは、わかっています。今度からは、お話ししてくださるのなら、それで構いませんわ」

　セシリアは戸惑いながらも答える。

　勝手に監視をつけられたと知ったときは憤ったが、エルヴィスはセシリアのことを案じ、守ろうとしていたのだ。そのことを理解できた今は、責めることなどできなかった。

　少々複雑な思いもあるのだが、これからはきちんと話してくれるというのなら、もういいだろう。セシリアは気を取り直し、他のことを聞くことにする。

「神官は、まだ見つかっていないのですか？」

　神殿でザビニ伯爵と話していた神官は、すぐに逃走してしまったのだ。調べようとしたときには、すでに姿がなかったという。

「はい、残念ながら。即座に姿を消し、あまりに素早かったので、元から準備をしていたのでしょう。騎士たちに行方を追わせていますが、なかなか足取りをつかむことができていません」

「そうですのね……大神官さまは手紙など、書いていなかったのですわよね。彼が偽造したのかしら」

　大神官の体調不良も回復しつつあるそうで、手紙についての回答も得ていた。セシリアに祈りを捧げに来てほしいのは本当だが、手紙は出していないとのことだった。

「その可能性は高いですね。あなたをおびき寄せるためだったのでしょう。そのあたりは、いずれ捕らえたときに吐かせます」

　エルヴィスは表情を引き締めると、きっぱりと言い切る。

　犯人を捕まえるためにも、エルヴィスはますます忙しくなるのかもしれない。そう思うと、セシリアは心が沈んでくる。

「……私にも、何かできることはないのでしょうか。こうして、ただ守られるだけの役立たずなのは嫌ですわ」

　ついぽろりと言葉をこぼせば、エルヴィスが驚いたように目を見張った。

「何を言うのですか。あなたは役立たずではありません。むしろ、あなたが私を守ってくれているのです」

「私が？　どういうことですの？」

　セシリアには意味がわからずに首を傾げる。

「私がこうして調査だけに集中できるのは、あなたがローズブレイド家のことを取り仕切り、守ってくれているからです。あなたのおかげで、私は安心して動けるのですよ。あなたの存在なくして、今の私はなかったでしょう」

　エルヴィスはセシリアの手を取ると、優しく握ってくる。そして、真剣な眼差しで見つめてきた。

「そ……そんな、たいしたことはしておりませんわ。あなたの、つ……妻になる者として、当たり前のことをしているだけですもの」

　言いながら、恥ずかしくなってきてセシリアは頬を染めていく。

「その当たり前のことが、どれほど助けになっているか……。ディラン王子とハリエット嬢とのお茶も、隣国の要人との交流を深めるという、未来の公爵夫人としての立派な役割です。私の妻となる方が、こんなに素晴らしい方だなんて、誇らしくて仕方ありません」

　エルヴィスは熱っぽく語ると、セシリアの手に口付けをする。

「あ……ありがとうございます……」

ますます顔が赤くなっていくのを感じて、セシリアは俯いた。

「それでは行ってきます。夕方には戻りますので、夕食をご一緒しましょう」

エルヴィスは名残惜しげにセシリアから離れると、王城へと向かっていった。

その背中を見送った後、セシリアは護衛のお見舞いに行くことにした。

侍女を伴って、セシリアは護衛のいる部屋へと向かう。すると、痛々しそうな様子でベッドに横たわる護衛の姿があった。腕や足に包帯を巻き、頭に巻かれた布から血がにじんでいる。

「まあ……こんなにひどい怪我を……」

セシリアは顔を曇らせると、護衛の側に寄っていく。包帯だらけの彼を見て、胸が締め付けられるようだった。

「セシリアさま……わざわざ来てくださったのですか。このような姿で申し訳ありません」

護衛はゆっくりと上体を起こそうとする。それを、セシリアは慌てて止めた。

「無理をしてはいけません。どうか寝ていて」

「大丈夫です……この程度の怪我など、たいしたことありません」

セシリアは心配そうに護衛を見つめるが、彼は笑みを浮かべてくる。

「ですが……」

「それより、セシリアさまをお守りできず、申し訳ありませんでした。まさか、誘拐されてしまうなど……」

悔しそうに唇を噛み締めると、護衛はセシリアに向かって頭を下げてくる。

「いいえ……あなたはよくやってくれたわ。それに、誘拐されたのも私のせいなのよ。だから、自分を責めないで」

首を横に振ると、セシリアは微笑む。

「セシリアさま……なんとお優しいお言葉……。セシリアさまのような方にお仕えできて、幸せです」

感極まったように、護衛は涙ぐんだ。

「それに、セシリアさまのお顔が明るくなって、とても喜ばしいことです。旦那さまと仲直りなされたのですね」

「ええ……心配をかけてごめんなさい。もう大丈夫よ」

セシリアは少し照れながら答える。

「それはよかったです。セシリアさまにどう声をかけていいのかもわからず、何もできませんでしたが……これで安心しました。すぐに元気になりますので、またよろしくお願いします」

護衛は笑顔になると、力強く宣言する。

「あまり無理しないでね。早く治してちょうだい」

「はい！」

セシリアは護衛を労うと、部屋をあとにした。

‡

「今日は天気がよいので、庭園でお茶にしましょう」

セシリアは、ディランとハリエットとお茶の時間を過ごす。

もうエルヴィスは、セシリアがディランと話すことを止めようとはしない。それはおそらく、ハリエットがいるためでもあるだろう。

「美しい花に囲まれながらの時間は素晴らしいものですね」

そしてディランも、セシリアを口説いてくることはなくなった。妃に迎えることは、諦めてくれたようだ。

友人として接することができるようになって、セシリアはほっとする。

「……もっとも、毒花の香りも漂ってくるようですが」

ただ、ディランはハリエットのことをよく思っていないようだ。ハリエットを横目で見ながら、あからさまな嫌味を吐く。

「香りの強い花は普通の方には芳しく感じられても、体の弱い方には毒となることもありますからね」

ところが、ハリエットは動じることなく、にこやかに答える。

ディランは言葉に詰まったようで、わずかに眉をひそめる。少し気まずそうなのは、賊に捕らえられたのはディランで、救い出したのがハリエットだからかもしれない。

「……花というのなら、せめてその服装をどうにかしてくれ」

ややあって、ため息交じりにディランはそう口にする。

ハリエットは黒髪のカツラではなく、本来の金髪をさらしていたが、服装は護衛のものだった。男性には見えないが、男装している女性といった風情だ。

「セシリア姫がこれでよいとおっしゃっているのですから、それでよろしいでしょう。そもそも、花と言い出したのはディラン殿下です」

「それは……」

「それとも、何か問題でも？」

「いや……」

にっこりと笑うハリエットを眺め、ディランは大きく息を吐き出して口を閉ざす。

「お二人は、以前からそのように仲がよろしかったのですか？」

微笑みながらセシリアが問いかけると、ディランは露骨に嫌そうな顔をした。ハリエットも少しだけ眉根を寄せたが、こちらは嫌がっているというよりも困ったような様子だ。

「……そもそも、まともに顔を合わせたこともありません。彼女は次期公爵として、日のあたる場所にいました。俺は王子とはいえ小さくなって息をひそめていたので、たまに遠くから見かけることがあったくらいです」

淡々とディランが説明する。

力のない王子では、次期公爵よりも立場は弱いらしい。かつてのセシリアと似たようなものだ。セシリアはディランと違うことを強調したが、やはり何だかんだと境遇が似ている。

「……一度だけ、言葉を交わしたことは、やはりお忘れですか」

ぼそりとしたハリエットの呟きが響き、セシリアとディランははっとしながらハリエットを見つめる。

どことなく切なげにも見えるハリエットの顔は、もしや幼い頃に言い交わしたことがあるのではないかと、セシリアに予想させる。

淡い思い出を確かめるため、わざわざ護衛として潜り込んだとすれば納得だ。もしやこれは、恋物語の始まりではないだろうか。

セシリアは、つい身を乗り出しそうになってしまう。

「……すまない。本当に覚えていない。悪いが、何を話したのか教えてもらえないだろうか」

ディランは険悪さを引っ込めて、真摯に尋ねる。もしかしたら、セシリアと同じような考えに至り、罪悪感を覚えているのかもしれない。

「とあることで私がディラン殿下を罵り、殿下は泣きながら叫び返してきました」

しかし、ハリエットから返ってきた答えは、淡いロマンスなどかけらもないものだった。

「まあ……」

セシリアは曖昧に頷きながら、ただ微笑む。乗り出しかけていた身は引っ込み、心に荒んだ風が吹いていくようだった。

「ええ……いや……待てよ……でも……」

　最初は苦虫を噛み潰したような顔をしたディランだが、何か思い当たったことがあるようだ。唸りながら考え込んでいる。

　ハリエットはそれ以上何も言うことなく、すまし顔でお茶を飲む。

　罵り合いに、思い出を呼び覚ます何かがあったのだろうか。この二人の関係はよくわからないと思いながら、セシリアもお茶を口に運んだ。


　そのお茶会の後から、ディランとハリエットがよく話をしているのを見かけるようになった。ただ、言い争っていることも多いようだ。

「だから、護衛として置いてくだされば、それでよいのです」

「公爵令嬢、しかも親父殿の正妃候補だってわかって、できるわけないだろ。単なる護衛が、セシリア姫のお茶会で座って茶を飲むなんて、おかしいんだよ」

　今日も、二人は口論している。どうやらハリエットの待遇について揉めているらしい。

「陛下の正妃になど、なるつもりはありません。候補と言われることすら嫌なので、やめていただけませんか？」

「じゃあ、ただの公爵令嬢として扱うから、護衛からはずれてくれ。訓練したいなら好きにしていいし、そこは譲歩する。ただ、ローバリーの公爵令嬢として、恥ずかしくない振る舞いをしてくれ。ドレスだって用意したんだから、着るんだ」

ハリエットはディランの言葉を聞いて、不愉快そうに顔をしかめた。

「ドレスで訓練しろとおっしゃるのですか？」

「訓練のときはそれ用の服を着ればいい。ただ、普段の生活ではドレスを着てくれと言っているだけだ。公爵令嬢らしく、品位ある行動をしてほしい。でないと、俺の立場がない」

ディランが懇願すると、ハリエットは黙り込んだ。彼の立場を持ち出されると、強く出られないのだろう。

「それができないというのなら、未来の義母上とでも呼んでやるぞ」

「くっ……」

呻くハリエットを見て、ディランはため息を吐き出す。

「それに、もったいないだろう。せっかく綺麗な顔立ちをしているのに、それを隠すような格好をするなんて。俺はもっと、着飾ったところを見てみたい。さぞかし美しいと思う」

真面目な顔でディランがそう言うと、ハリエットの顔が赤く染まっていく。

「なっ……」

ハリエットは口を開き、何かを言おうとしたが、結局はそのまま口を閉じる。

「……わかりました」

ややあってから、ハリエットは小さな声でそれだけを呟くと、逃げるように立ち去ってしまった。それを眺め、ディランが首を傾げている。

どうやら決着となったようだ。こっそり見守っていたセシリアは、ディランに見つかる前にその場を後にする。

ディランにとって女性を口説くという行為は、自然に備わっている本能のようなものらしい。

おそらく意識的にやっているわけではなく、自然と口から出てしまうのだろう。

ただ、それはハリエットに対する言葉が本心だということでもある。

ハリエットに対する刺々しさも消えたようだ。セシリアといるときよりも自然体で接しているようで、二人の相性は悪くないのかもしれない。

‡

「セシリア姫とローズブレイド公爵のなれそめは、どのようなものだったのですか？」

お茶の席で、ハリエットが興味深そうに尋ねてくる。

今日はセシリアとハリエット、二人だけのお茶会だ。セシリアの部屋で開かれ、侍女たちは隣の部屋に控えている。

聞けばハリエットもセシリアと同じ十六歳だそうで、同年代の友人が乏しいのも一緒だった。

男装して護衛に紛れていたハリエットだが、女の子同士の話に興味があるらしい。

今日のハリエットは、いつもの護衛の服装ではなく、ドレスを纏っていた。

急遽用意されたものではあったが、青地に白いレースをあしらった美しいデザインだ。公爵令嬢にふさわしい、質の良い生地を使っている。

どうやらディランの指示を守ったらしい。

「ええと……最初はある目的のために、契約婚約でしたの。それがいつの間にか……」

「契約婚約？　お二人の仲睦まじさからは、想像もできませんね」

ハリエットが目を丸くする。今さらではあったが、セシリアは少し恥ずかしくなってきた。

「普段は冷淡なローズブレイド公爵が、セシリア姫と一緒のときはとろけきった様子で……人は相手によってこんなに変わるのかと驚かされます。何かきっかけがあったのですか？」

問いかけられて、セシリアは考え込む。

何かきっかけとなるような出来事はあっただろうか。思い返してみるが、これといった事件はなかったような気もする。

契約を結んだ当初から、エルヴィスは口説くような物言いをしてきた。ただ、最初の頃はからかっているようでもあり、いつからそれが本気になったのかは、セシリアもわからない。

あえて言うのなら、セシリアがアデラインの記憶を持っていたことが、きっかけだろうか。その後はセシリア本人のことを愛してくれたが、発端はそれかもしれない。

しかし、アデラインの記憶のことをハリエットに話すわけにもいかない。セシリアは無難な答えを返す。

「その……一緒に過ごしていくうちに、だんだんと距離が縮まってきたのですわ」

「そうでしたか……」

ところが、ハリエットは神妙な顔で考え込んでいるようだ。セシリアの答えに、何か思うところがあったらしい。

「ハリエット嬢は、ディラン王子のことをどう思っておいでですの？」

　セシリアからも気になるところに斬り込んでみる。

　すると、ハリエットが腕を組みながら、さらに考え込む。

「……そうですね、危なっかしい弟を見ている感覚、というのが一番近いでしょうか。殿下のほうが年上ですけれど」

　ややあって返ってきた答えは、セシリアにとっては斜め方向のものだった。

「弟、ですか」

　嫌っているわけではないようだが、恋愛対象ではないということだろうか。ある意味では、親しみを覚えているということかもしれない。

「でも、少なくとも陛下よりは結婚相手として適していると思いますよ。セシリア姫も、我らが国王陛下のせいで大変な目にあったそうですね」

　ハリエットはさりげなく話を変えてきた。

　わざわざケヴィン本人が出向いてまで隣国ローバリーにさらわれそうになったことを思い出し、セシリアは苦笑する。この国の当時の国王及び王太子にまで根回ししていたのだから、相当の執念だ。

　それから比べると、今回の誘拐犯は格が落ちる。

「そのときもローズブレイド公爵が、助けに来たのですよね。お二人の絆には、本当に感じ入ります。契約から始まった関係でも、真実の愛が芽生えるものなのですね」

ハリエットは、にこやかな笑みを浮かべながらそう言う。社交辞令のような言葉ではあったが、どことなく切実な響きがある。

ケヴィンの正妃候補とされているハリエットには、いろいろと思うところがあるのかもしれない。本人は嫌がっているようだが、国外に脱出したことからして、簡単に覆せるようなものでもないのだろう。

できることなら、セシリアはハリエットを応援してあげたい。さらには、ディランと結ばれることになれば、すべてが丸く収まるのではないだろうかといった打算もある。

ただ、そのためにはケヴィンの許可が必要となるだろう。何か説得できるような材料はないだろうか。そう考え始めたところで、そもそもハリエットの気持ちがディランに向いていなければ余計なお節介でしかないと気付く。

セシリアは先走りすぎだと反省する。

「ハリエット嬢は、誰か想い人はいらっしゃいませんの？」

まずは、ハリエットの気持ちを探ることからだ。セシリアは、単刀直入に尋ねてみる。

「残念ながら、今のところはおりませんね」

あっさりとハリエットは答えた。

「……そもそも恋愛以前に、自分そのものがわからないのです。私は将来、公爵位を継ぐように育てられてきました。でも、それが突然なくなり、お前は嫁げとなって……私という存在が、何者かわからなくなってしまいました」

　さらにハリエットは淡々と言葉を紡ぐ。そして、己のドレスに目をやった。

「ドレスも、以前はほとんど着ることはありませんでした。男装することが多かったですから。でも、これからはこれが当たり前の格好になるのでしょう。今までの自分が否定されているようで、何とも言えない気分になります」

　寂しそうな表情を浮かべるハリエットを見て、セシリアは胸が痛む。

「今までのことも、すべて含めて今のあなたなのですわ。過去のどのようなことだって、糧になりますもの。新たな道に踏み出しましょう。ドレス姿のハリエット嬢も、とても素敵ですわ」

　どうにか元気付けようと、セシリアは必死になって励ましの言葉をかける。

　すると、ハリエットが驚いたような眼差しを向けてくる。

「……ありがとうございます。セシリア姫は、お優しい方ですね」

　微笑んだその顔は、まだ陰りがあったが、少し気が晴れたようだ。

「私などより、もっとつらい思いをされたはずのセシリア姫のお言葉だからこそ、心に染み入ります。以前、セシリア姫はこれから進む道をよりよくすることが大切だとおっしゃいましたね。あれからずっと考えてきました」

　ハリエットが静かに語り出す。

「僭越ながら、女王の座を退いたセシリア姫と、将来の公爵位を失った私のことを重ねておりました。しかし、セシリア姫はもっと大きなものを失いながらも、迷いなく前を見据えて進み……

己の矮小さに恥じ入るばかりです」

そう言って、ハリエットは自嘲気味に笑う。

セシリアとしては、そこまで大層なことを考えていたわけではない。

むしろ、女王の座など不要だったので、いらないものを心置きなく捨てただけのことだ。ハリエットの思うような、すべてをのみ込んで誇り高く前を向く姿からは、かけ離れている。

しかし、そのことをそのまま話すわけにもいかない。

「そのようなことはありませんわ。ハリエット嬢は、ご自分の足でしっかりと立ち上がっています。素晴らしいことですわ」

セシリアは、できるだけ穏やかな笑みを意識して口を開く。

「そう言っていただけると、救われるような思いがいたします。実のところ、ドレスを着たときに、少しだけ心が華やいだ自分もいたのです。何が自分にとって一番いいのか、今はわかりませんが……セシリア姫を見習い、少しずつ前に進んでいこうと思います」

ハリエットが前向きな様子を見せてくれたので、セシリアはほっとする。

何やらセシリアのことを美化しているようで落ち着かないが、今はそれを訂正するべきではないだろう。ハリエットが納得してくれたのならそれでよかった。

「私にもローズブレイド公爵のような方がいれば……」

ふとハリエットが漏らした一言に、セシリアはどきりとした。まさか、ハリエットはエルヴィスを慕っているのだろうかと不安がよぎったのだ。

「エ……エルヴィスは、ダメですわ……！」

セシリアは慌てて声を上げた。あまりにも不毛すぎる。

「え？　……ああ、そういう意味ではありません」

一瞬きょとんとしたハリエットは、すぐにくすりと笑う。

「あのように一途に想ってくださる方がいればいいなというだけで……ローズブレイド公爵に対して特別な感情を抱いているわけではありません」

「そ……そうでしたのね……」

どうやら、セシリアは早とちりしたようだ。安心すると共に、恥ずかしくなる。

「それにしても、セシリア姫は本当にお可愛らしいですね」

「え？」

唐突に言われて、セシリアは戸惑う。

「可憐でいて、芯が強く、お優しくて……だからこそ、ローズブレイド公爵は、セシリア姫を溺愛されるのですね」

「いえ、あの……」

さらにたたみかけられ、セシリアはどうしていいかわからなくなる。

ましてハリエットは、これまで男装していたためか、仕草にどことなく力強さがある。ドレス姿ではあるが凜々しく、まるで美少年のような雰囲気が漂っている。そのような相手に言われると、妙な気分になってしまうのだ。

「そ……それより、ハリエット嬢はディラン王子のことを、弟みたいだとおっしゃいましたが、それは恋愛対象としては見られないということですか？」

とりあえず話題を変えようとして、セシリアはつい勢いで尋ねてしまった。

すると、ハリエットの表情が曇る。

「……わかりません。今まで、そのようなことを考えたこともありませんでしたし……正直なところ、自分の気持ちがよくわからないのです。ディラン殿下のほうが、ケヴィン陛下よりずっとマシだとは思いますが」

そう言って、ハリエットは曖昧に笑った。

「そう、ですの……」

ハリエットが答えに窮している以上、これ以上は何も言わないほうがよさそうだ。ただ、彼女がケヴィンを好ましく思っていないことだけは間違いない。

先ほどの言葉によれば、ハリエットは一途な男性が好みのようなので、側妃が十二人もいるケヴィンなど、完全に除外されるだろう。

ディランとのことがどうなるにせよ、ケヴィンの正妃候補からは逃れられるようにしてあげたいところだ。

その後は話を変え、好きな食べ物や趣味などについて語り合い、ハリエットとのお茶会は終わったのだった。

「……というわけで、ハリエット嬢をケヴィン陛下の正妃候補から除外する手段はないかと思いまして」

　エルヴィスと共に夕食を終えたセシリアは、お茶を飲みながら話を切り出す。

「ローバリー国内のことに干渉は難しいですね」

　しかし、返ってきた答えは予想どおりのものだった。

「そうですわよね……」

　セシリアはうなだれる。他国の王家に口出しなどできるはずがない。せいぜい他の正妃を送り込むことくらいだろうが、それはそれで新たな火種になりそうだ。

　しかも、正妃になれそうな姫など、セシリアしかいない。却下だ。

「ハリエット嬢が我が国に亡命するというのなら、結果的に正妃候補からは除外されることになるでしょうが。もともと、ご本人もそのつもりだったようですし」

「そういえば、そうでしたわね……」

　セシリアは頷く。ハリエットは護衛に扮して、ローバリーを脱出してきたのだ。現在はディランに言われて、ローバリー国の公爵令嬢としてローズブレイド邸に滞在している。

　よく考えれば、今の彼女の立場はかなりあやふやなものだった。

「亡命を受け入れますの？」

「ハリエット嬢がそう望むのなら、受け入れることになるでしょう。ただ、彼女自身がまだ結論を出していないのですよ。もうしばらく客人として滞在していただいて、そのうちに次の展開があるでしょう」

まだ様子見といったところらしい。エルヴィスが落ち着いていることから、悪い展開にはならないだろうと、セシリアは少しだけ安堵する。

そしてふとエルヴィスを見れば、彼の顔には疲労の色がにじんでいた。

「……久しぶりに二人でゆっくりできたのに、私からの相談ばかりでごめんなさい。疲れているのでしょう？」

「大丈夫ですよ。屋敷内のネズミ退治が少し大変でしたが、もう終わりましたから。それに、あなたから相談されるのは、私にとってはとても嬉しいことなので、謝る必要などありませんよ」

にこやかに答えると、エルヴィスはそっとセシリアの手を握る。

「あなたの力になれることが、私の喜びです。いつでも頼ってください」

エルヴィスに優しい声で囁かれ、握られた手に指を絡められて、セシリアの心臓の鼓動が跳ね上がった。頬も熱くなっていく。

先ほど言っていたネズミ退治が少し気にかかったが、手を持ち上げられて指先に口付けられたら、そのようなことは頭から吹き飛んでしまう。

「あ……ありがとうございます……」

セシリアは顔を赤くして俯く。すると、不意にエルヴィスが顔を近付けてきた。思わずセシリアが目を閉じると、唇にやわらかいものを押し当てられる。

触れ合わせるだけの口付けを何度か繰り返し、やがて離れていく気配を感じて、セシリアは目を開ける。間近にあった藍色の瞳に自分の姿が映っていることに気付き、さらに体温が上がった気がした。

「愛しています、セシリア」

優しく微笑みかけられ、もう一度口付けられる。今度は先ほどよりも深く長いものになった。

「んっ……」

息苦しさにセシリアがわずかに声を上げると、ようやく解放してもらえる。潤んだ視界の中、名残惜しそうに見つめられるのを感じたが、恥ずかしくて視線を合わせることができなかった。

「……本当はこのまま、朝まで一緒に過ごしたいのですが……まだそういうわけにもいきませんね。残念です」

苦笑交じりの言葉と共に、最後に軽く唇を触れさせて、エルヴィスは立ち上がる。

「部屋まで送りますね」

そう言って差し出された手を取って立ち上がり、セシリアはぼんやりとしたまま歩き出す。頭の中はまだ混乱していて、うまく思考することができない。

「おやすみなさい、良い夢を」

部屋の前まで送ってくれたエルヴィスは、セシリアの額に口付けると、去っていく。

セシリアは呆然とそれを見送り、扉の前で立ち尽くす。しばらく経ってからようやく我に返り、慌てて部屋に駆け込んだ。

寝支度を整えてベッドに入ると、先ほどの出来事を思い出してしまう。

「朝まで一緒にって……！」

つい口に出してしまってから、誰も聞いていないのに恥ずかしくなる。

ただ、本来であればすでに結婚式を挙げて夫婦になっていたのだ。そう考えると、何も不思議なことではない。

どきどきと高鳴る胸を押さえながら、セシリアは目を閉じた。

‡

そうしてしばらく過ぎた頃、ディランから話があると言われた。ローバリーからの知らせがあったらしい。

ちょうどエルヴィスも調査がひと段落ついたとのことで、また応接室に四人が集まることとなった。

「ローバリーの第三側妃が、病を得て離宮で療養することとなったそうですね。それに伴い、反国王派だった側妃たちもおとなしくなったとか」

まずはエルヴィスが口を開く。彼にもローバリーの情報が入ってきたようだ。

ディランとハリエットの表情は変わらなかった。知っていたのか、それとも予想できることだったのだろう。

これで側妃たちの同盟は、完全に崩れたということになる。

第三側妃が病を得て療養というのも、言葉どおりではないだろう。つまりは幽閉で、実質的には処刑のようなものだ。もしかしたら、そのまま病死ということになるのかもしれない。

「……俺にも、親父殿からもう帰ってきていいと連絡がきています。掃除が終わったということでしょう」

沈んだ表情で、ディランはため息交じりの言葉を吐き出す。

ディランはいわば、側妃たちをおとなしくさせるための餌として使われたのだろう。そのために命の危険にさらされたのだ。

素直に喜べないのは当然だろうと、セシリアは同情的な視線を向ける。

「しかも……ハリエットを連れて帰ってくるといい、もちろんお前の妃として、と……あのクソ親父が……」

ディランは忌々しそうに吐き捨てる。

それを聞いて、セシリアは目を見開く。ケヴィンは己の正妃候補であるハリエットを、ディランの妃として考えていたというのか。

もし最初からそういう思惑だったのだとすれば、セシリアを王族の妃として欲していたわけではなかったらしい。

しかも、セシリアがハリエットを正妃候補からはずす方法はないだろうかと模索していたことは、まったくの無駄だったようだ。驚きと腹立たしさで、セシリアは声も出ない。

衝撃の内容だったが、エルヴィスは平然としていた。

もしかすると、セシリアとディランが話すことに動じることがなくなったのも、この展開を予想していたからなのかもしれない。

当事者であるハリエットは、驚いた様子もなく、落ち着いているように見えた。

「……私がディラン殿下の護衛に紛れ込めるよう手を回したのは、陛下です。ハリーという、子爵家の三男の身分を用意されました。よく考えてみろ、と言われて……」

それでも、声には少しだけ戸惑いの色が交ざっている。

セシリアから見たハリエットは、ディランのことを憎からず思っているようだったが、まだ自分でもはっきりとわかっていないようだった。少しずつ距離は縮まっているように見えたが、恋愛には至っていないといった印象だ。

「わざわざ偽りの身分まで用意したのは、親父殿か。それは身元調査なんて、簡単にすり抜けるな。いや、待てよ……ということは、最初からそのつもりだったのか……」

眉根を寄せながら、ディランは呟く。

「……俺は、親父殿の手のひらだったわけか」

盛大なため息を吐き出しながら、ディランは宙を見上げた。

落ち込むディランを眺めていると、セシリアもケヴィンが意地の悪い笑みを浮かべている姿が浮かんでしまう。苛立たしさがわき上がってきて、慌てて思いを打ち消した。

「ディラン王子がセシリアに求婚したのは、女神の加護を得ようとしたからですね。また、ローバリー国王陛下がセシリアに懸想していたので、奪い取ることによって父親に復讐しようといった意図もあったのでしょうか」

　静かな声でエルヴィスが問いかける。以前のように嫉妬をむき出しにすることはないが、何かを抑えているようでもあった。

「……親父殿は、女神の加護という言葉をちらりとこぼしていたので」

　やや視線をそらしつつ、ディランは問いの一部にだけ答える。

「私とセシリアも、女神の加護を狙っているのだろうと思っていました。しかし、ケヴィン陛下が口にした『女神の加護』は、おそらく違うものでしょう」

　エルヴィスの言葉は、セシリアにも予想外のものだった。知っている女神の加護とは違った、別の意味があるのだろうか。

「『女神の加護』とは、薬物の名前のようです。国内のどこかで開発され、それがこの国の貴族と関係のある第三側妃に渡ったのでしょう。人を言いなりにすることができるという、恐ろしい薬だそうです」

　さらにエルヴィスは続ける。

　まさか薬物の名前だとは思いもしなかった。何という紛らわしい名前だろうか。セシリアはあっけに取られつつ、思い当たることもあった。

「そういえば……私たちをさらった賊が、私を洗脳するつもりだと言っていたような気がしますわ。そして、第二王子との間に愛が芽生えたようにするとか……」

セシリアが思い出しながら口にすると、エルヴィスが苦虫を噛み潰したような顔になる。

「……おそらくセシリアをさらった後は、薬で言いなりにしてそうさせるつもりだったのでしょうね。セシリアから望んでの輿入れということで、国際問題を回避しようとしたのでしょう。それも穴だらけではありますが」

苦々しい表情を抑えようともせず、エルヴィスはため息と共にそう吐き出す。

「そうだ……俺がこの国に来る直前の話ですが、婚約破棄騒動がありました。仲睦まじい婚約者同士だったのに、一方が突然婚約破棄を言い渡したのです。それも、大勢の人が集まるパーティーの途中だったため、正気ではない、不可解だと評判になっていました」

思い出したように、ディランが口を開く。

それを聞いて、セシリアは思わず口元が引きつってしまう。

大勢の人が集まるパーティーの途中で婚約破棄をした者といえば、アデラインの婚約者だった元王太子ローガンだ。

当時のアデラインもあっけに取られたものだが、やはりその感覚はおかしくなかったらしい。

「そうだ……婚約破棄したのは伯爵令息で、第三側妃の甥だったはず……ということは、実験として薬を使ったのかもしれません」

そうディランが続けると、ハリエットがはっとした表情をする。

「……そういえば、陛下も婚約破棄を言い渡した者が、まともな状態だったか怪しいと話していました。『女神の加護』という単語も口にしていたはずです」

　ハリエットの呟きで、セシリアは愕然とする。

　どうやらローバリーでは、すでに薬が使われていたようだ。おそらく、すでに回収されているだろうが、よい気分ではない。

　それも、ケヴィンが勘付き、薬の名前までたどり着いていたということだろう。彼は使う側ではなく、取り締まりたいのだろうが、油断はできない。セシリアは唇を引き結ぶ。

「薬は、我が国でも出どころを調査中です。そこはいったんおいておき……」

　エルヴィスは話を変えようとしながら、表情を曇らせる。

「不愉快なことに、ローバリー国王陛下から書状が届いています。不肖の息子を預かってくれた礼と、迷惑をかけた詫びということで、裏切り者の一覧が記されていました。今回幽閉となった第三側妃と内通していた、我が国の貴族たちです」

　こめかみを押さえながら、エルヴィスは続ける。

「もしや、先日怪しいと思ったザビニ伯爵も……」

「はい。セシリアとディラン王子が連れていかれた屋敷が、怪しいと伝えてくれたザビニ伯爵のものでした。どうやら屋敷内には密書も隠されていたようですが、それは残念ながら焼けてしまっていました」

　セシリアの呟きに、エルヴィスが淡々と答える。

賊は証拠隠滅のため、屋敷に火を放ったが、その目論見は成功したらしい。炎に包まれた屋敷の二階から飛び降りたことを思い出し、セシリアは身を震わせる。

「セシリア……」

エルヴィスが心配そうに、セシリアをのぞきこんできた。

「だ……大丈夫ですわ。続けてください」

慌ててセシリアは思いを打ち払う。今は安全な場所にいて、何より近くにはエルヴィスがいるのだ。もう不安になる必要などない。

セシリアがエルヴィスに微笑みかけると、彼はほっとしたように頷いた。

「……密書は焼けてしまいましたが、彼らが内通していた証拠をローバリー国王陛下から受け取っています。とても助かりますが……正直なところ、腹立たしいですね」

さわやかな笑みを浮かべるエルヴィスだが、その表情とは裏腹に、今にも舌打ちが聞こえてきそうだ。

ディランとハリエットも、納得したような表情で深く頷いていた。この二人も、ケヴィンに対しては思うところがあるようだ。

「ザビニ伯爵は、第三側妃と血縁関係のあるフィッツ子爵を通じて、隣国ローバリーとの繋がりを得たようです。フィッツ子爵は、ザビニ伯爵を第三側妃に紹介はしたが、それは商品の取引のためだとしか聞いておらず、他は何も知らないとのことでした。どこまで本当かわかりませんが……ローバリー国王陛下から受け取った書状には、フィッツ子爵の名前はありませんでした」

やや残念そうに、エルヴィスは首を横に振る。

「……やっぱり、ディラン王子を歓迎するパーティーで、ザビニ伯爵と話していたのが、フィッツ子爵だったのかしら」

セシリアはぼそりと呟く。

使者を歓迎するパーティーで、偶然見かけた二人が気になったことがあった。そのうちの一人はザビニ伯爵だとわかったが、結局もう一人はわからないままだったのだ。

誘拐されたときに、もしやフィッツ子爵ではないかと思い当たったが、そのときにはすでに遅かった。

「その場で取引をしていたかは不明ですが、そのパーティーにはザビニ伯爵とフィッツ子爵も出席していたようですね」

単なる呟きだったが、エルヴィスは律儀に答えてくれた。

それを聞いて、セシリアは脱力する。

「セシリア……？」

「やっぱりそうでしたのね……あのとき、もっと早く気付いていれば……」

ため息を漏らしながら、セシリアは呻く。

たいしたことではないだろうと、すぐに忘れてしまっていたのだ。そのときにしっかり調べていれば、隣国ローバリーとの繋がりを暴くことができたのかもしれない。そうすれば、もっと早くに解決に向かっただろう。

「セシリア、落ち着いてください。結果がわかったからそう見えるだけで、そのときに見抜くのは無理だったと思います」

「エルヴィス……」

「それに、その時点で怪しいと思って追及していたら、警戒されていたかもしれません。動き出したときに、セシリアがザビニ伯爵のことを思い出してくれたおかげで、一気に暴くことができました。後悔するべきは、もっと早くにあなたを助け出せなかった私です」

　エルヴィスは、わずかに眉根を寄せながらセシリアを見つめる。

「そんな……エルヴィスはすぐに助けに来てくれましたわ。屋敷の二階から飛び降りた私を受け止めてもくれて……エルヴィスが救ってくれたのです」

　魂に刻まれた恐怖を乗り越えられたのは、エルヴィスのおかげだった。彼がいたからこそ、今のセシリアがある。

　さらわれるような事態にはなってしまったが、それも取り返しのつかないことにはならなかった。結果的に良い方向へと進めたのだから、これでよかったのかもしれない。

　微笑むセシリアを見つめ、エルヴィスはほっとしたように微笑み返す。

「こちらの国内の裏切り者を捕らえることができ、ローバリー側の問題もひとまず落ち着いたといってよいでしょう。まだ薬物『女神の加護』の出どころは不明ですが、これから明らかになっていくはずです。完全ではないものの、ひと段落ついたことになりますね」

　雰囲気を変えるように、エルヴィスはそう締めくくった。

まだディランとハリエットの関係も含めて、すべてが終わったわけではない。しかし、これまでのように命の危険があるといった緊急事態は終了したと言えるだろう。残っているのは、いわば残務処理だ。

薬物の名前が『女神の加護』という意味ありげなものであることが気にかかるが、それもこれからわかっていくだろう。

事件に区切りがつき、あとは残った問題を片付けていくだけだ。そうすれば、いよいよ結婚式を迎えられるのだと、セシリアは心が晴れやかになっていった。

‡

ディランたちが帰り支度を始めて、屋敷は慌ただしくなった。

ローズブレイド邸の使用人たちも、ディランに付いてきた護衛たちも、やっと終わるとほっとしているようだ。

セシリアは時々ハリエットとお茶をしながら、通常の仕事に戻りつつあった。

もともと国王ジェームズがいろいろあって手に負えないから手伝えと、王都に呼び出されたのだ。急ぎではなくても、やるべきことはいくらでもある。

「……あら？」

図書室から本を持って移動する途中、セシリアは窓から見えた光景に足を止めた。

外を歩くディランとハリエットの姿が見えたのだ。

それも、腕を組んでいる。少しぎこちない感じではあったものの、二人は並んで歩いていた。

「まあ……」

思わず、セシリアの口から感嘆の声が出る。小躍りしたいくらい嬉しくなって、セシリアは口元を押さえながら笑みを浮かべた。

ケヴィンからの連絡があって以来、お互いに意識し合っているようではあったが、どうやら一歩前進したようだ。

「お似合いだわ」

二人とも長身なので、並ぶと絵になる。自分とエルヴィスの身長差を思い出して、セシリアは少しうらやましくなってしまう。しかし、すぐに首を振ってその考えを頭の中から追い出した。

今はそれよりも、二人の仲が進展したことを喜ぼう。

「……エルヴィスに会いたいわ」

そう呟いてから、セシリアは自分の言葉に苦笑する。

毎日会っているのに、まだ足りないのかと自分に呆れてしまう。しかも、今はエルヴィスも仕事中のはずだ。

「少し顔を見るだけでも……」

思い切って、セシリアは執務室に向かうことにする。今日は王城に行くとは言っていなかったので、おそらくそこにいるだろう。

「セシリアさま？　どうかなさいましたか？」

その途中、廊下で執事のスタンと会った。

「ええ、エルヴィスの執務室に行こうと思って」

「旦那さまは先ほど、外出なさいました。夕刻にはお戻りになる予定となっております」

「あら、そうなのね……」

残念だが、仕方がない。セシリアは戻ろうとする。夕食のときには会えるだろうから、ほんのわずか我慢すればよいだけだ。

「もし、お急ぎのご用件でしたら……」

「いえ、たいしたことではないの。気にしないで」

心配させてしまったようで、セシリアは慌てて笑顔を作る。単に会いたいだけなので、急ぎでも何でもない。

「承知いたしました。……旦那さまとセシリアさまが仲睦まじくされているのを拝見して、私ども使用人一同、安心しております」

「まあ……」

スタンの言葉に、セシリアは恥ずかしくなってしまう。

おそらくエルヴィスと気まずくなってしまったときは、心配させてしまっていたのだろう。そう思うと、申し訳ない気持ちになってくる。

使用人たちは、セシリアに対してとても好意的だ。最初は仇の娘だと睨まれたものだが、ずいぶんと変わったものだ。

「……スタンは、私のことを知っているのよね？」

セシリアがふと尋ねると、スタンは驚いた表情で見つめてきた。

「……セシリアさまが、誰よりもローズブレイド公爵夫人にふさわしいことを存じております」

ややあって、スタンは微笑みながらそう答える。直接的な答えではなかったが、問い返さないということが返事のようなものだろう。

スタンの父であり、領地にいる家令のトレヴァーは、セシリアの中のアデラインに気付いていた。おそらく、古参の者は知っているのだろう。だからこそ、仇の娘であるセシリアに対して、好意的なのだ。

「セシリアさまが何を気になさっているのか想像はつきますが……正直なところ、私どもがセシリアさまにお嬢さまの面影を見ているのは、事実です」

やはりそうかと、セシリアは納得する。複雑な気分ではあったが、仕方のないことだ。

「ただ、お嬢さまそのものとは思っておりません。お嬢さまの忘れ形見がやって来てくださったような感覚でしょうか。面影はあっても、あくまで別人だと理解しております。そしてそれは、旦那さまも同じでしょう」

「エルヴィスも？」

思わずセシリアは聞き返す。頭に浮かぶのは、執務室の四方に飾られたアデラインの肖像画のことだ。

「はい。もちろん、お嬢さまに対する敬愛の念はございます。しかし、セシリアさまをご覧になっているときの瞳は、明らかに違います。愛しくて仕方がないといった眼差しでございますよ」

　スタンの話を聞いて、セシリアは頬が熱くなってくる。

「旦那さまは、本当にセシリアさまのことを大切に思っておいでです。私ども使用人たちも、セシリアさまのお優しいお心に触れたからこそ、こうしてお仕えさせていただいているのです」

　そこまで言って、スタンは言葉を切った。それからセシリアに向かって、深く頭を下げる。

「これからも、末永くよろしくお願いいたします」

「こちらこそ……。ありがとう、スタン」

　セシリアが礼を言うと、スタンは顔を上げて微笑んだ。

「では、失礼いたします」

　一礼してから、スタンは立ち去った。

　その背中を見ながら、セシリアは胸が温かくなってくる。自分自身を受け入れてもらえているのだと、実感することができた。

「……頑張ろう」

　夕食の席で心置きなくエルヴィスと会えるよう、それまでに仕事を片付けてしまおうと、セシリアは足取り軽く歩き出した。

‡

とうとうディランがローバリーに帰る日がやってきた。

その隣にはハリエットが寄り添っている。護衛としてではなく、伴侶としての位置だ。

「俺たち、婚約することにしました」

やや照れくさそうに、ディランがそう宣言する。

「まあ、おめでとうございます！」

「おめでとうございます」

セシリアは口元をほころばせ、心からの祝福を述べる。隣に寄り添うエルヴィスも、穏やかな笑みを浮かべていた。

「……といっても、利害が一致しての契約婚約ですが」

苦笑しながら、ディランは呟く。

「俺は立場が弱い王子ですが、ハリエットを妃に迎えればバートン公爵家の後ろ盾を得ることができます。そうすれば、正式に王太子となれるでしょう。親父殿がそう望んでいるようですし」

相変わらずケヴィンのことは嫌いなようで、最後は忌々しそうな響きを帯びていた。

「それと……家柄があり、本人も強いハリエットなら、俺の母のように小さくなって生きることはないでしょう。王太子として立場を安定させれば、俺を心配して心を病んでしまった母も、きっと安心できるでしょうし……」

　独白のように、ディランは静かに呟く。

　やはりディランは、彼の母親と愛情で結ばれているのだろう。セシリアは少しだけ、胸の奥がうずく。

「私としても、年の離れた陛下より、ディランのほうがマシですからね。陛下の正妃として送り込もうとした父も、王太子妃なら納得するでしょう。王太子妃となれば、身分では父よりも上に立てるので、いろいろとできそうです」

　さわやかな笑みを浮かべるハリエットだが、言っている内容は復讐を示唆しているようでもある。また、いつの間にかディランのことを呼び捨てにするようになっていた。

　セシリアは微笑みを浮かべただけで、何か言うことは避けた。

「もっとも、ディランが見込み違いでしたら、さっさと婚約破棄して違う方法を考えますけれどね。しょせんは契約婚約ですし」

「俺だって、目的を達成したら婚約を解消すればいいと思っている。とりあえずは、手を組もうっていうだけだからな」

　ハリエットが打算的なことを口にすると、ディランも応じる。冷淡な内容の応酬だが、息が合っていて、仲がよいということかもしれない。

　さらに、契約婚約を解消すればよいとは、どこかで聞いたような話だ。そう思いつつ、きっと二人はそのまま結婚するのだろうなと、セシリアは感じていた。

「ローバリーの事情に巻き込んでしまい、セシリア姫には大変ご迷惑をおかけしました。ですが、今後も友人としてお付き合いいただければ嬉しいです」

「こちらの国にも内通者がいたのですし、お互いさまですわ。ディラン王子のご活躍とご多幸をお祈りしております」

ディランと別れの挨拶を交わし、よい形でまとまったことにセシリアは安堵する。

「ローズブレイド公爵にも、ご迷惑をおかけしました。お詫びに、我が国で若返ると評判の美容品を後日お送りいたします。側妃たちの間で、大人気の品ですよ」

「……お気遣いなく」

ディランとエルヴィスもにこやかに言葉を交わすが、立ち昇る雰囲気はとても陰惨だ。セシリアのことがなかったとしても、もともと相性が悪いのかもしれない。

「セシリア姫、いずれまたお会いしましょう。お茶会でのお話、とても楽しかったです」

「ええ、またお会いしましょうね、ハリエット嬢。その……これから、嵐に立ち向かうことにもなるのでしょうけれど、応援していますわ。私にできることがあれば手助けしますので……お手紙を書きますわね」

「ありがとうございます。私もお手紙を書きますね」

これからローバリーに戻れば、ディランとハリエットは、側妃たちやハリエットの父と渡り合うことになるのだろう。

ケヴィンの後ろ盾はあるのだろうが、あの性格の悪い彼のこと、試すくらいのことはしそうだ。

いや、むしろ困難に放り込んで笑っているかもしれない。

心配するセシリアだが、ハリエットは堂々とした笑みを浮かべた。

「きっと、大丈夫です。それと……実は、利害とは関係なく、ディランを見守ってみようという理由があるのです」

途中から、セシリアだけに聞こえるような小声で、ハリエットは囁いた。

「それでは、またお会いできる日まで、ごきげんよう」

それはどういうことかとセシリアが尋ねる前に、ハリエットはいたずらっぽい笑みを浮かべて別れを告げると、身をひるがえした。

ディランとハリエットが馬車に乗り込んでいくのを、セシリアは呆然と眺める。

あっさりと馬車は走り出し、セシリアはエルヴィスと寄り添いながら、嵐が去っていくのを見送った。

「……やっと、帰りましたね」

しみじみとしたエルヴィスの呟きに、セシリアは苦笑しつつ頷いた。

手を組んだディランとハリエットの二人はローバリーに帰っていき、ようやくセシリアとエルヴィスに平穏が訪れた。

滞在者も減り、屋敷は一気に静かになったようだ。セシリアとエルヴィスはお茶を飲みながら、これまでのことを語り合う。

「まさか、エルヴィスがそれほど年齢を気にしているとは、思いもしませんでしたわ」

「……年齢そのものを気にするというよりは、あなたの隣に立って釣り合うのだろうかという心配ですね。若く、これからもますます美しくなっていくあなたと、老いていく私では……と」

眉根を寄せるエルヴィスに対し、セシリアは苦笑する。

「老いていくって……それほどの年齢ではないでしょう。十歳差なんて、珍しくもありませんわ。それに……むしろ、小柄で幼く見える私では、大人の男性であるエルヴィスと釣り合わないのではないかと、そちらを心配していましたわ」

「そのようなことを気にしているとは、思いもしませんでした。小柄なことは欠点どころか、妖精のような愛らしさを強調する長所でしかありません。もちろん、長身であったとしても、今度は別の美しさがあなたを彩るのでしょう」

真摯な眼差しを向けてくるエルヴィスの藍色の目と、セシリアの緑色の目が合う。しばし見つめ合った後、どちらからともなく笑い合った。

「……お互いにどうでもよいことを気にして、すれ違っていましたのね」

「そうですね……互いに相手と釣り合わないのではないかと悩んでいたなど、滑稽でしたね」

渦中にあったときはとても思い悩んだものだったが、今となっては笑い話だ。二人は穏やかに語らう。

「エルヴィスはディラン王子に嫉妬していたようですけれど、私がディラン王子に心を奪われると思っていましたの？　私の気持ちを疑っていたなんて、ひどいですわ」

ふてくされたような顔を作りながら、セシリアは拗ねた声を出す。

もちろん、本気で怒っているわけではない。ちょっとしたじゃれ合いのようなものだ。

「セシリアこそ、ハリエット嬢に嫉妬していましたよね。まさか私の気持ちを疑っていたなど、心外です。これはもっと、私がセシリアをどれほど愛しているか、思い知ってもらう必要がありそうですね」

ところが、エルヴィスから反撃された。

それも墓穴を掘ったようだ。エルヴィスの瞳に本気の色が宿っているのを見て、セシリアは背筋が冷たくなっていく。

「いっそこのまま、二人だけの世界に閉じこもってしまいましょうか。朝も夜もなく、ずっと愛を囁き続けますよ。そうすれば、不安になる暇などないでしょう。たっぷりと甘やかし、溺れるほどの愛情を与えて、私なしではいられないようにしてあげます」

「い……いえ、それは……」

あからさまに監禁だ。それも、かなり重たく、病んでいるように感じるのは、気のせいではないだろう。セシリアは、どう答えれば回避できるだろうかと焦る。

しかし、うまい言い訳を思いつく前に、エルヴィスの手が伸びてきた。その指先が、そっとセシリアの唇に触れる。

「冗談ですよ。あなたの嫌がることはいたしません」

やわらかな微笑みを浮かべているものの、エルヴィスの目は笑っていない。

口元に触れていた手が離れていき、セシリアはほっとしながらも、ごくわずかに残念なような、複雑な気分がわき上がってくる。

そうしたセシリアの様子に気付いたのか、エルヴィスがくすりと笑う。

「そんな顔をしないでください。本当に閉じ込めてしまいたくなるではありませんか」

「……やっぱり、冗談ではなかったんですの？」

おずおずとセシリアが見上げれば、エルヴィスは口元の笑みを深くする。

「もちろん、嫌がることはしませんよ。だから安心してください」

「……はい」

とてもではないが、安心できない。それでも、下手に反論すると危険だと感じたセシリアは、おとなしく返事をした。

「さて、あなたにお話ししたいことがあるのです。こちらにどうぞ」

そう言って、エルヴィスはセシリアの手を取る。そして、執務室へと案内した。

四方の壁にアデラインの肖像画が飾られていた、エルヴィスの執務室だ。

「これは……」

セシリアは室内を見て、目を大きく見開く。

四つの肖像画はすべて取り外され、壁も新しく張り替えられていたのだ。そのため、以前の面影はほとんどない。

「新たな肖像画を描かせようと思っています。もちろん、あなたの肖像です」

「えっ……？　私の……？」

思わず、セシリアは聞き返してしまった。

部屋の四方に自分の肖像画が飾られているところを想像して、セシリアの背筋に悪寒が走る。

思わず、やめてくれと口走ってしまいそうになった。

「はい、中央にあなたと私の絵を飾りましょう」

ところが、続くエルヴィスの言葉によれば、違うようだ。中央に一枚だけ、セシリアとエルヴィスの絵を飾るということだろう。セシリアはほっとする。

ただ、最初の衝撃が収まると、疑問が浮かんできた。

「……アデラインの肖像画は、よろしいのですか？」

「いくら姉とはいえ、あなた以外の女性の肖像画を飾り続けるなど、無粋でした。あなたが気分を害するのも、当然のことです」

おそるおそる尋ねてみたセシリアだが、エルヴィスは微笑んでよどみなく答える。

それを聞き、まだ自分にアデラインの面影を見ているのではないかといった不安は杞憂だったとわかる。自分自身のことを信じられないセシリアが、過剰反応してしまったのだろう。

もっとも、さすがに四方すべてに肖像画を飾るのは少々異常だとは思うが。

「アデラインの肖像画も飾ってよいのですわよ。あなたと私、そしてアデラインの三人の絵でも構いませんし……」

エルヴィスにとってアデラインは、セシリアとは違った意味で大切な存在なのだ。今は亡き姉の肖像画を一枚飾るくらいなら、おかしなことでもないだろう。

セシリアが提案すると、エルヴィスはやわらかく微笑みながら首を横に振った。

「ありがとうございます。でも、やはり中央には、あなたと私の二人だけを飾ろうと思います。いつまでも私が姉のことを引きずっていては、あなたに対しても、姉に対しても申し訳ありませんから。肖像画がなくても、きっと天から見守っていてくれるでしょう」

「そうですか……そうですわね」

ほんの少しだけ寂しい気持ちになりながら、セシリアは静かに頷く。

「それでは、日を改めて画家を呼ぼうと思っています。どのような構図がよいかなど、考えておいてくださいね」

「はい、わかりましたわ」

肖像画についての話は、これで終わりとなった。

続いて、エルヴィスが細長い箱を取り出す。

「まだ調査は残っていますが、ローバリーの陰謀も解決して、国内の裏切り者も処分できたので、ひとまず収束ということになりました。そこで、ようやくこれをジェームズ陛下からもぎ取ってくることができましたよ」

そう言って、エルヴィスは箱の中から書状を取り出して、セシリアに見せる。

それは結婚許可証だった。国王ジェームズの署名が入っている。

「まあ……」

セシリアは目を見開き、結婚許可証とエルヴィスを交互に見る。

すると、エルヴィスはにっこりと笑った。

「ジェームズ陛下はまだ何か言っていましたが、もう限界だと急かしたら、ようやく許可が出ました。これで、結婚式の準備に取りかかることができますよ」

「本当に……」

感極まったセシリアの瞳に、涙がにじむ。それを拭おうとすると、エルヴィスが目元に口付けてきた。唇で涙をすくい取られ、セシリアは頬が熱くなる。

「一生の思い出になるよう、盛大な結婚式を挙げましょう。もう我慢する必要はありません」

エルヴィスはセシリアの手を取り、優しく微笑む。

「はい……」

再び目頭が熱くなってくるが、どうにかこらえてセシリアは頷く。

早く結婚式を挙げたい一心で、事件解決に向けて頑張ってきたのが、報われたのだ。空回りしたり、すれ違ったりすることもあったが、それも乗り越えた今、絆がより強固になったようにも感じられる。

「衣装はすでに準備していましたが、せっかくなのでもう少し増やしてみるのもよいでしょう。国中の薔薇を集めて、宝石も……あなたがどれほど光り輝くかと思うと、楽しみで仕方がありません」

「……私が衣装や宝石の重さに押し潰されない程度にしてほしいですわ」

やや暴走気味のエルヴィスに、セシリアは苦笑を浮かべつつ、軽く釘を刺す。

「もちろん、あなたの望まないことはしません。私が道を誤りそうになったときは、どうか教えてください。話し合わないと、わからないこともありますから」

「そうですわね……自分の作り上げた幻を見て、いろいろと思い悩まなくても、きちんと話せばよいのですものね」

二人は見つめ合い、互いに頷く。それから、エルヴィスはそっとセシリアを抱き締めた。セシリアも、その広い背中に手を伸ばす。

「愛しています、セシリア。今後もあなただけを愛し続けます。これからも二人で寄り添い、よい夫婦として歩んでいきたいと思います」

「私も愛していますわ、エルヴィス。今後とも、末永くよろしくお願いしますね」

誓いの言葉を交わしながら、二人は唇を重ねた。

窓から吹き込んでくるさわやかな風が、花の香りを運んでくる。太陽の光を思わせるような鮮やかな香りは、嵐が過ぎて光が差したことを示しているようだった。

【 番外編 1 】

ハリエットが得たもの

◆

【 番外編 2 】

護身術

◆

【 番外編 3 】

セシリアのお出かけ

【番外編1】ハリエットが得たもの

「お前は、バートン公爵家を継ぐのだ」

幼い頃から、ハリエットは父にそう言い聞かされて育ってきた。

「ごめんなさいね、ハリエット。あなたに重責を負わせて……」

ベッドの上の母は、いつも申し訳なさそうな顔をしていた。

その表情を見る度に、幼いハリエットは心が痛んだものだ。

「いいえ、お母さま！　私は大丈夫です！」

元気な笑顔で答えると、母はほっとしたように微笑んでくれた。

ハリエット出産後、母は体調を崩しがちになった。母を愛する父は次の子を諦めたために、唯一の子であるハリエットが跡継ぎとなったのだ。

この国では爵位を継ぐのは、基本的に男子とされている。しかし、直系男子がいない場合のみ、女子が継ぐことも認められていた。

ハリエットは男の子の格好をして、剣術や馬術を学んだ。女であることを隠しはしなかったが、あえてそれを主張することは避けた。

自分が男として生きることで、父が安心するならそれで良いと思ったからだ。

「今日は王城に連れて行ってやろう」

ハリエットが八歳になったある日、父から言われた言葉にハリエットの心は躍った。

初めて見る王城は美しく、そして広かった。広い庭には花壇があり、色とりどりの花々が咲き誇っていた。噴水からは水が噴き上がり、虹を作っている。

「綺麗……」

ハリエットは庭園を見渡して、思わず感嘆の声を漏らす。

「気に入ったか？」

「はい！」

父の問いかけにハリエットが首を縦に振ると、微笑んで頭を撫でてくれた。

「おや、バートン公爵。これは珍しい組み合わせだね」

不意に声をかけられ振り向くと、そこには見知らぬ男性がいた。年齢は二十代後半といったところだろうか。整った顔立ちをしているが、どこか軽薄そうな印象を受ける人物だった。

「ああ、陛下。ご機嫌麗しゅうございます」

父は深々と頭を下げて挨拶をした。慌ててハリエットもそれに倣う。

「やあ、きみが噂の跡取りかな？　初めまして、私はこの国の国王ケヴィンだよ」

そう言って、国王ケヴィンと名乗った男性は微笑んだ。

「初めまして、私はハリエット・バートンと申します」

緊張しながら自己紹介をするハリエットを見て、ケヴィンは目を細めた。

「バートン家の子は優秀だと聞いていたけれど、きみはとても聡明そうだね。ところで、私の妃にならないかい？」

突然の言葉に、ハリエットは固まってしまった。

「……はい⁉」

上擦った声を上げるハリエットに、ケヴィンはくすりと笑った。

「冗談だよ。せめて、あと七、八年くらい経たないとね」

楽しげに笑うケヴィンを眺めながら、父は額に手を当ててため息を吐いていた。

ハリエットは安堵しつつ、首を傾げる。今のハリエットは少年の格好をしているのに、女とわかったのか。いや、国王なのだからハリエットの素性を知っていても不思議ではないかなど、ぼんやりと考える。

その後、父とケヴィンは何かを話し始めてしまい、手持ち無沙汰になったハリエットは庭園の中へ足を踏み入れた。花を眺めながら歩いていると、いつの間にか奥まで来てしまったようだ。

「……あれ？」

目の前に広がる光景に、ハリエットは戸惑った。先ほどまでは確かに綺麗な庭園だったのだが、今いる場所はどう見ても手入れが行き届いているとは言えない状態だった。

足下を見ると、土がむき出しになっており、雑草が生い茂っている。

不安になりながらも進んでいくと、人々の声が聞こえてきた。それも焦りを含んだような切迫したものだ。さらに、焼け焦げたような臭いが鼻をつく。

「火事……？」

嫌な予感がして、ハリエットは声のする方へと駆け出した。

近付くにつれて、悲鳴や怒号が大きくなっていく。

たどり着いた先で目にしたのは、炎に包まれている屋敷の姿だった。

「ディラン！　ディラン！」

悲痛な叫びが響く。慎ましやかなドレスを纏った女性が、燃え盛る建物に向かって叫んでいた。彼女は騎士に取り押さえられていたが、それでもなお暴れている。

「放してくださいませ！　私の息子がまだ中に……！」

女性の悲壮な訴えに、周囲の人々は顔を背けていた。中には涙を流している者もいる。

「どうして……」

ハリエットは不思議でならなかった。ここは王城の一角であり、王族の住まう場所だ。警備だって厳重であるはずなのに、何故こうなっているのか。

そのうちに、二階のバルコニーに一人の少年が現れた。ハリエットと変わらないくらいの年齢だろう。服はあちこちが破れ、咳き込んで苦しげにしている。

「ディラン！」

女性は叫ぶと、必死の形相で手を伸ばした。しかし、届かない。

「誰か、あの子を……助けて……」

涙を流しながら、女性はそのまま意識を失ってしまった。その様子を目の当たりにしたハリエットは、バルコニーの下に向かって駆け出していく。

「危ないぞ！　早く離れなさい！」

制止する騎士の声を無視して、ハリエットは熱気を放つ建物に向かって叫んだ。

「そこから飛び降りろ！」

「えっ⁉」

驚いた表情を見せる少年に、ハリエットはさらに続ける。

「たかが二階だ、死にはしない！　足の一本や二本折れたって、焼け死ぬよりマシだろう⁉　早く飛び降りろ！」

「そんなこと……できるわけが……！」

怯えたように言う少年に、ハリエットは苛立ちを覚えた。

「お前が死んだら、母親はどうなる⁉　ああ、そうか。母親も死ねばいいと思っているんだろう？　だからぐだぐだと……そうだな、お前みたいなクズを産んだ女なんて、生きていても仕方がないものな！」

「ふ……ふざけるな！　母さまは関係ない！」

初めて感情的になって言い返してきた少年に、ハリエットは満足げに微笑む。

「なら、さっさと飛び降りろ！　母親の命がかかっているんだから、簡単だろう⁉」

「くそっ……！　覚えていろよ……！」

悔しさに涙をにじませながらも、少年は覚悟を決めたようだった。

「ちくしょう……ちくしょう……！」

少年はぶつぶつと何かを呟きながら、のろのろとバルコニーの手すりを乗り越えた。そして、落下していく。

そのまま地面に激突するかと思われたが、いつの間にか現れた影が少年を抱き留めた。

「……気を失ったか」

そう言った人物は、国王ケヴィンだった。

ハリエットは呆然と見つめながら、ふと気付く。ディランとは、第一王子の名だ。今、ケヴィンが抱えている少年がそうだろう。ケヴィンと少年を見比べてみれば、よく似ていた。

つまり、ハリエットは第一王子とその母である第一側妃を罵ったということになる。

ハリエットは血の気が引いていく。おそるおそるケヴィンをうかがうと、彼は笑っていた。

「見事な罵りっぷりだったね」

楽しげに笑うケヴィンに、ハリエットは震え上がった。

「助かったよ。私はこの子に嫌われているからね。きみが説得してくれなかったら、きっと飛び降りることはなかったと思う。ありがとう、感謝する」

ところが、ケヴィンはそう言って微笑んだ。その顔には先ほどまでの軽薄そうな印象はなく、慈愛に満ちあふれている。

予想外の反応に、ハリエットは戸惑ってしまう。

「これは少し考えないといけないなあ……かといって目をかけると、それはそれで……」

何やら思案し始めたケヴィンを、ハリエットは唖然として眺めていた。

「ハリエット！」

そこに父が駆けつけてきて、ハリエットはほっとする。父はハリエットの姿を確認すると安堵した表情を見せたが、すぐに厳しい視線を向けた。

「勝手にどこかへ行くんじゃない！　心配したじゃないか……！」

「ごめんなさい……」

素直に謝ると、父は大きな手で頭を撫でてくれた。

その後、ケヴィンは騎士たちに命じて消火活動を行わせた。ハリエットは父に連れられてその場を離れることになる。

去り際、燃え盛る屋敷を見つめていると、横にいた父が小さく呟いた。

「……あまり関わらないようにしなさい」

「どうして？」

「どうしてもだ。いいな？」

父の言葉の真意を測りかねたが、とりあえずハリエットは黙って頷いた。

‡

それから、ハリエットが第一王子ディランに会う機会はなかった。

　あの日見た屋敷の火事のことも、今では遠い過去の出来事のように思える。ただ、時折思い出しては、胸の奥がざわつくのだ。あの少年は、無事に生き延びているのだろうか。

　そしてハリエットがもうじき十六歳になるという頃、突然転機が訪れた。

「ハリエット、あなたに弟か妹ができるのよ」

　ある日、母が嬉々として伝えてきた言葉に、ハリエットは衝撃を受けた。

「……お父さまに、愛人がいたのですか？」

「違うわよ。私のお腹の中にいるの」

　続く言葉で、ハリエットはさらに混乱する。母は体を壊して、次の子を諦めたのではなかっただろうか。

「まさか授かるとは思っていなかったから驚いたけれど、とても嬉しいことだわ。もちろん、産むつもりよ」

「そんな……！　大丈夫なのですか⁉」

　昔よりかなりよくなったとはいえ、母は体が弱いままだ。年も重ねている。出産に耐えられるのか不安だった。

「私も若くないし、無事に生まれるかわからないけれど……でも、せっかく授かったのですもの。たとえ命を落としても、後悔はしないわ」

　母の決意を感じ取って、ハリエットはそれ以上何も言えなかった。

　父も反対したらしいが、結局押し切られてしまったようだ。

母のお腹が大きくなるにつれて、ハリエットは落ち着かない気持ちになった。無事に生まれてきてほしいが、もしその子が男の子だったら自分はどうなるのだろうか。

将来への不安、母を失うかもしれない恐怖など、様々な感情が入り乱れて苦しかった。

そして、とうとうそのときが来た。

「元気な男の子です！　母子ともに健康ですよ！」

医師の明るい声を聞き、ハリエットは呆然と立ち尽くす。

母子ともに健康という奇跡、そして跡継ぎの男子誕生に、屋敷内は沸き立った。父も涙を流しながら喜んでいる。

そのような中、ハリエットだけが笑顔を作れずにいた。母が命をかけて産み出したというのに、この喜びを分かち合うことができない。そうした自分がひどく醜く感じられた。

「私は……」

これまで築き上げてきたものが壊れていくような気がする。ハリエットは自分の居場所が失われたのだと悟った。

「お前は、陛下の正妃として嫁げ」

そして予想どおり、父から無情に告げられた。

跡継ぎの座を失った以上、ハリエットに求められるのは貴族令嬢としての役目だ。しかし、覚悟していたとはいえ、相手は国王ケヴィンだという。

　ハリエットは激しく動揺した。二十も年齢差が開いている上、他にも側妃を十二人も抱えている男のもとへ嫁ぐなど考えられない。

「い……嫌です」

　拒絶するハリエットを眺め、父はため息をつく。

「確かに、その気持ちはわからないでもない。だが、国のためなのだ。現在、側妃たちが分裂していることは知っているな。このままでは国は荒れる一方だ。だからこそ、お前が正妃となり、側妃たちをまとめ上げる必要がある」

　父の言うことは理解できるが、納得できるはずもない。ハリエットは俯いて唇を引き結んだ。

「これは決定事項だ。すぐに支度を始めろ。それから、王宮に部屋を用意した。そこで暮らせ」

「……はい」

　こうしてハリエットは王宮へ連れていかれ、城の一角にある部屋を与えられた。

　花嫁修業という名目で滞在しながら、ハリエットは苛立ちを募らせる。

　今までの努力は何だったというのか。必死に頑張ってきたのに、すべて無駄になってしまった。

　それだけではない。父がハリエットを屋敷から遠ざけたのは、弟に危害を加える可能性があると考えたからだろう。

　ずいぶんと見くびられたものだと、ハリエットは怒りに震える。母が命をかけて産み落とした弟に、手を出すはずがない。

「……もう、どうでもいい」

いっそこの国を出て行ってしまおう。そう決めたハリエットは、考えを巡らせる。

隣国には縁戚のモラレス侯爵家があり、ハリエットとも面識がある。ひとまずそこを頼ればよい。ただ、手土産が必要だろう。

これまでハリエットは次期公爵としての教育を受けてきた。その中には、国内の情勢や貴族の繋がりについての知識も含まれている。そして、彼らの陰謀についても。

十分、亡命できるはずだ。勝算があると見たハリエットは、ひそかに準備を始める。

「ディラン王子が、隣国への使者に任命されたらしいぞ」

「なんでも、陛下のご意向だとか」

「ということは、後継者争いに決着がつくということか？」

あるとき、そのような噂話を耳にして、ハリエットはぴくりと反応する。

あの火事の日以来、ディランの近況は気になっていたものの、詳しいことを知ることはできなかった。どうやら、ひっそりと身をひそめていたらしい。

それがつい最近になって、側妃たちに擁立されたという話は聞いていた。しかし、ハリエットは母が身ごもってそれどころではなかったため、考える余裕がなかったのだ。

「……表舞台に出てくる気になったということ？」

ハリエットはそっと呟いた。彼は、ハリエットのことを覚えているだろうか。

あのときの少年の顔を思い浮かべた途端、胸の奥に痛みを感じる。

「……いいえ」

きっと忘れているに違いない。それに、今となってはもはや関係のないことだ。ハリエットは思いを振り払う。

「ただ……隣国への使者……紛れ込めないだろうか」

ハリエットが向かおうとしている隣国へ、ディランが行くというのなら好都合だ。うまく使者団に紛れ込んで、隙を見て逃げ出せばよい。

そう考えたハリエットは、さらに計画を練ることにした。隣国への手土産とするべく、側妃たちの陰謀について調べ上げていく。

ところが、予想外の出来事が起こった。国王ケヴィンから呼び出されたのだ。それだけならおかしなことでもないが、彼は微笑みながらこう言った。

「あなたが何か企んでいることは知っているよ」

ハリエットは驚きのあまり言葉を失う。いつの間に、見抜かれてしまったのか。

「あなたの企みの助けにするといい」

さらに驚くことに、ケヴィンはそう言って封筒を差し出してくる。その中には、身分証が入っていた。ハリーという、子爵家の三男の身分だ。

そして、ハリエットは男装してハリーと名乗り、ディランの護衛として使者団に紛れ込んだ。

‡

隣国に無事たどり着き、ハリエットはモラレス侯爵家を通じて、隣国の新王ジェームズに手土産を渡し、秘密裏に歓迎を受けた。亡命を受け入れてくれるとの約束も取りつけた。

順調ではあったが、ハリエットは踏ん切りがつかないでいる。ディランのことが気にかかっていたからだ。

ディランが暗殺者に狙われている可能性は高い。そのような彼を放置して逃げ出すことなど、ハリエットにはできなかった。

そうしてハリエットは護衛としてディランの側に仕えた。ところが彼は、ハリエットの正体に気が付かないどころか、暗殺者だと疑っているようだ。

落胆しつつ、それも仕方がないことかとハリエットは諦める。どうやら彼はこれまでも命を狙われてきたらしい。ハリエットのことを警戒するのも当然だろう。

「セシリア姫、今日のあなたは朝露に濡れた白薔薇のようにみずみずしく麗しいですね。どうかその手を取る栄誉をお与えください」

そのような状況下で、ディランは隣国の王女セシリアに愛を囁いていた。それも、彼女には仲睦まじい婚約者がいるにもかかわらずだ。

ハリエットは呆れ果てるが、一方で感心してしまう。さすが好色王の息子だと。

冷たくあしらわれても、ディランはめげずに口説いている。そのような彼を見て、ハリエットは胸がざわつくのを感じた。

この気持ちが何なのかは、わからない。ただ、隣国の王女セシリアは小柄で愛らしく、華奢な体つきをしていた。まさに可憐な姫君で、ハリエットとはまるで違う。

「……」

ふと、ハリエットは自分の手を見つめる。剣を握り慣れた手は硬く、女性らしさからはほど遠い。ディランもこのような手より、彼女のような小さくやわらかい手のほうが好きなのだろう。

「……っ」

ハリエットは慌てて首を振った。何を考えているのか。これでは、嫉妬しているようではないか。馬鹿らしい。

気持ちを切り替えて、ハリエットは護衛の仕事に集中することにした。

一日だけ女王に即位したことのあるセシリアに質問をしたり、ローズブレイド公爵エルヴィスと情報の探り合いをしたりと、せわしない日々が続く中、ついに恐れていたことが起こる。

ディランが誘拐されたのだ。それもセシリアと一緒のところを襲われたらしい。

急ぎ動き出そうとするエルヴィスを呼び止め、ハリエットは正体を明かして協力を申し出た。

互いの情報を照らし合わせ、ディランとセシリアの行方を追う。

「先に行かせてください！」

馬を走らせながら、ハリエットはそう懇願した。このままだと、間に合わないかもしれない。

奇妙な予感めいたものがあったのだ。

「……わかりました。ですが、くれぐれも無理はなさらぬように」

「はい！」

ハリエットはエルヴィスの言葉を聞き、さらに速度を上げる。

そして、とうとう追いついたのだ。ちょうど犯人の男がディランに向けて、剣を抜こうとしたところだった。

「待て！」

ハリエットは叫び、ディランに近付いて、その手を縛っていた縄を切り落とす。意図を察したディランが後ろに飛び退いたのと同時に、ハリエットは男に向けて剣を振り下ろした。

男が倒れていく。そのとき、エルヴィス率いる騎士たちも到着した。たちまち、周辺を騎士たちが取り囲み、勝敗は決した。

ところが、ディランが無事だったことに安堵したのもつかの間、屋敷から火の手が上がる。中にはセシリアが取り残されているのだという。

まるでいつかの火事のようだ。ハリエットは唇を噛む。

「セシリア！」

だが、彼女には頼もしい婚約者がいる。

やがてバルコニーに姿を現したセシリアは、震えながらもエルヴィスの呼びかけに応じて、手すりを乗り越えた。落下する彼女を、エルヴィスが抱き留める。

抱き合って喜ぶ二人からは、揺るぎない絆が感じられた。ハリエットはそちらから視線をはずすと、ディランのほうを見る。

彼は呆然と二人を眺めた後、自嘲するような笑みを浮かべていた。

‡

その後、ハリエットはディランに正体を明かした。

だが、ディランはハリエットに対する不信感をあらわにしたままだ。護衛に紛れ込んでいたことを怪しんでいるらしい。

ハリエットにとっては企みがあるわけではなく、あのときの少年がどう成長したか、ディランを見守りたいだけだった。しかし、それを言うのはためらわれ、ごまかしたことによって、より疑惑が深まったようだ。

「……一度だけ、言葉を交わしたことは、やはりお忘れですか」

あまりにもディランの態度が冷たいので、ついそう口にしてしまった。すると、彼は驚いた表情になってハリエットを見つめてくる。

「……すまない。本当に覚えていない。悪いが、何を話したのか教えてもらえないだろうか」

「とあることで私がディラン殿下を罵り、殿下は泣きながら叫び返してきました」

正直に答えると、申し訳なさそうだったディランの顔が引きつった。

「ええ……いや……待てよ……でも……」

ぶつぶつと呟きながら、ディランは考え込む。結局、答えは出なかったが、それからハリエットへの態度は和らいでいった。

　ただ、それでもディランはハリエットを護衛からはずそうとするなど、令嬢としての振る舞いを強要してくる。さらにケヴィンの正妃候補として扱われ、ハリエットは苛立ってしまう。

　本当はディランの言っていることも、もっともなことだとわかっている。しかし、どうしても受け入れられず、反発してしまうのだ。

「ドレスだって用意したんだから、着るんだ」

　綺麗なドレスを用意されたときも、ハリエットは拒んだ。それは強要されることへの抵抗だけではなく、自分には似合わないという諦めもあった。

　セシリアのように可憐な姫ならば、よく似合うだろう。だが、ハリエットのように大柄で無骨な女には不釣り合いだ。笑いものにしたいのだろうか。

「それに、もったいないだろう。せっかく綺麗な顔立ちをしているのに、それを隠すような格好をするなんて。俺はもっと、着飾ったところを見てみたい。さぞかし美しいと思う」

　ところが、ディランは真面目な顔でそう言った。からかっているのかとも思ったが、彼の目には真剣さが宿っていて、ハリエットは言葉を失う。

　頬が熱くなっていくのを感じ、ディランの顔も見ていられなくなる。

「……わかりました」

　どうにかそれだけを答えるのが精いっぱいで、ハリエットはその場から逃げ出した。

それからしばらくして、ディランに帰国を促す手紙が届いた。彼を狙った第三側妃は病を得て療養ということになり、ローバリー国内の問題はひとまず解決したらしい。

ハリエットはこのまま亡命するか、帰国するかの選択を迫られた。

「しかも……ハリエットを連れて帰ってくるといい、もちろんお前の妃として、と……あのクソ親父が……」

ところが、忌々しそうにディランが呟いたのは、ハリエットを彼の妃としようとするケヴィンの意向だった。

ハリエットは思わず吹き出しそうになるのをこらえて、平静を装う。

このような展開は予想していなかった。だが、おそらくケヴィンは最初からこういった道筋を描いていたのだろう。そのために、ハリエットの企みを支援したのだ。

「……俺は、親父殿の手のひらだったわけか」

ディランが苦々しく呟いた内容は、ハリエットの心境でもあった。

「さて、これからハリエット嬢はどうする？　別に親父殿の言っていることなんて、無視しても構わないんだぞ。亡命したければ、このまま……」

「いえ、私は帰国します」

ハリエットはディランの言葉を遮って宣言する。

「それは俺と結婚するっていうことか？　本当に、それでいいのか？」

「はい。ディラン殿下でしたら、年の頃もちょうどよいですし、ケヴィン陛下よりマシですから。それに、殿下も私を娶ればバートン公爵家の後ろ盾を得られます。悪くない話でしょう」

　そう告げると、ディランは目を丸くした。それから、おかしそうに笑う。

「ああ、そうだな。確かに、悪くない」

　ディランはあっさりと肯定し、ハリエットは拍子抜けしてしまう。

「あの火事の日に助けてくれたのは、ハリエットだったんだろう？　なのに、ずっと思い出せずにいてすまなかった」

「い、いえ……あのときは罵ってしまって申し訳なく……」

「いや、謝る必要などない。ああ言ってくれたおかげで、俺は動けたんだ。そうでなければ、あのまま死んでいたかもしれない」

　ディランはハリエットを見つめ、穏やかに微笑む。その顔を見ていると、ハリエットは胸が苦しくなっていく。そっと視線をそらし、ごまかすように口を開いた。

「で……では、契約婚約ということでよろしいですね」

「ああ、これからよろしく頼む」

　ディランはハリエットの手をすくい上げると、その甲へと口付けを落とした。

「なっ……こんな硬い手なんかに……！」

　ハリエットが顔を真っ赤にして抗議すると、ディランは再び笑う。

「すまない。つい、可愛くて。許してくれ」

「か、可愛い⁉」

ディランの口から飛び出した予想外の言葉に、ハリエットはさらに動揺した。そんなことを言われたのは初めてで、どう反応すればよいのかわからない。

「それに、この手は努力の証だろう。とても綺麗だと思う。俺は好きだな」

「……！　そ、そうですか……」

ハリエットは消え入りそうな声で答えるのがやっとだった。

「そ……その……帰国したら、女性関係を清算しておいてください。過去にはこだわりませんが、今後は……」

どうにか話題を変えようと、ハリエットはそう口にする。

ところが、ディランは首を横に振るだけだ。

「……ない」

「はい？」

「そんなの、ないんだよ。俺に女性関係なんて、一切ない」

「ええ⁉」

まさかの発言に、ハリエットは驚愕の声を上げる。

「その顔で？」

「親父殿と似ているからって……中身まで似ているわけじゃないからな」

ディランはうんざりした様子でため息をつく。

これまでのディランの行動や言動を思い返せば、彼が女遊びに慣れているのだとしか思えなかった。しかし、実際は違うらしい。それこそ父親の血ではなかろうか。

「俺は妃一人を生涯愛し続けると決めている。だから、他の女性は必要ない。これからはハリエットだけを愛していくよ」

「な、な、な……何を言って……！」

ハリエットはもうどうしていいかわからず、ひたすら混乱した。

父親が反面教師になったのかもしれないが、これほどまでに一途だとは思ってもいなかったのだ。しかも、彼の瞳には嘘偽りはないように見える。

「まあ、そういうわけだから、まずは並んで歩くことから始めようか」

さすがに少し照れくさかったのか、ごまかすようにそう言うと、ディランはハリエットに手を差し出した。

「わ、わかりました。とりあえず、練習しましょう」

ハリエットはその手に自分の手を重ねる。

「ああ、それから二人のときは敬語も禁止だぞ。婚約者なんだから」

「……わかった」

ディランはハリエットの返事を聞くと、満足そうに微笑む。

こうして、二人は一緒に歩き出したのだった。

番外編２　護身術

　ディランたちが帰国の準備を始めて間もなく、セシリアはふと思い出したことがあった。

「そういえば、運動をしようと思って、すっかり忘れていたわ……」

　適度な運動によって体型を保ち、あわよくば身長が伸びないだろうかと考えていたのだ。

　しかし、その直後に誘拐事件があり、それからも何だかんだと忙しくしていたせいで、つい失念してしまっていた。

「身長のことを考えたら、少しでも早いほうがいいわよね……護身術も学んでおきたいし」

　一人で頷いたセシリアは、翌朝から早速行動に移そうと決意した。

　早朝、セシリアは動きやすい服を纏うと、騎士たちの訓練場に向かった。

　すでに多くの騎士たちがいて、それぞれ鍛錬をしているようだ。その中には、エルヴィスの姿もある。彼は剣を振るっているところだったのだが、その姿を見た瞬間、セシリアは思わず見惚れてしまった。

「まあ……」

　流れるような動作で剣を振るう姿はとても優雅であり、それでいて力強さを感じさせる。まるで一枚の絵のような美しさがあった。

うっとりと見入っていると、視線を感じたのか、エルヴィスと目が合った。すると彼は動きを止め、こちらに向かって歩いてくる。

「セシリア、どうかしましたか？」

「いえ、あの……とても素敵だったので、つい見惚れてしまいましたわ」

セシリアが頬を染めながら正直に伝えると、エルヴィスは嬉しそうな笑みを浮かべた。

「ありがとうございます。ところで、その勇ましい格好はどうされたのですか？　凛々しくも愛らしい姿で、とても魅力的ですけどね。まさか、私を誘惑しにいらっしゃったのですか？」

冗談のように言っているものの、その目は真剣そのもので、エルヴィスが本気だということが伝わってくる。

「えっ⁉　そ、その……」

予想外の言葉にセシリアが戸惑っていると、エルヴィスがくすりと笑う。

「冗談ですよ。そんな顔をしないでください」

「もう……からかわないでください……！」

セシリアは少しだけ拗ねるようにして言うと、エルヴィスが苦笑いする。

「申し訳ありません。あなたがあまりにも可愛かったものですから、つい調子に乗ってしまいました。それで、何かご用でしょうか？」

問いかけられて、セシリアが答えようとすると、別のところから声がかかる。

「セシリア姫？　どうしてこのようなところに……」

振り向くと、そこにはハリエットがいた。彼女はドレスではなく、護衛の時と同じ格好をしていた。訓練に参加していたのだろう。

「まあ、ハリエット嬢もいらしたのね」

「はい、訓練を休むと調子が悪いので」

笑顔で答えるハリエットは、生き生きとしている。彼女は最近になってディランとの仲が進展して、一緒に帰国することになったようだ。そのためか、以前より表情が明るくなり、雰囲気も変わったように感じられる。

「あ……それで、護身術を学んでみたいと思いまして。もしよければ、教えていただけないかしら？」

セシリアはエルヴィスに視線を戻すと、彼にお願いをしてみた。

「護身術、ですか？」

「はい。自分の身を守れるようになりたいと思っています」

セシリアの言葉を聞いて、エルヴィスは考え込む。

「それは……確かに……でも……」

「護身術でしたら、私が簡単なものをお教えしましょうか？」

悩むエルヴィスに対し、ハリエットが申し出る。すると、エルヴィスはやや驚いた様子を見せたが、すぐに納得したようだ。

「ああ……ハリエット嬢でしたら、女性ならではの観点から指導ができるかもしれませんね。それでは、よろしくお願いします」

「はい、任せてください！　……といっても、本当に簡単なものだけですけれど」

「それでも構いませんわ。どうぞよろしくお願いいたします」

　セシリアは改めてハリエットに向き直り、丁寧に頭を下げる。そして顔を上げると、二人はお互いに微笑んだ。

「まずは体力作りから……と言いたいところですが、その前に今すぐにできる簡単なものをお教えしましょう。心構えのようなものですけれど、身につけておいて損はないと思います」

「わかりました」

　セシリアが真剣な眼差しでハリエットを見つめると、彼女もまた真剣な面持ちになる。

「直接的な行動に出る賊は大体男性でしょう。女性は毒のように間接的な手段が多いですから。そこで、男性に対する対処法からお話ししたいと思います」

　そう前置きすると、ハリエットは話を始めた。

「まずは逃げるべきですが、それができない場合は、なるべく相手を刺激しないことです。おとなしく相手の言うことを受け入れる素振りを見せれば、相手が油断する可能性が高くなります」

「なるほど……」

「助けてくれるのなら何でもします、と誘惑するふりをして近付くのもいいですね。上目遣いで見上げ、涙をにじませながらすり寄り、体を押し当てて……」

　そこまで言うと、ハリエットはぐっと拳を握り締める。

「手に力を込めて急所を握り潰してください」

「……え？」

まさかの発言にセシリアが驚いていると、エルヴィスが慌てて止めに入る。

「ハリエット嬢、待ってください。セシリアにそのような、品のないことは……」

「いざというときに上品ぶって死ぬよりはマシでしょう？」

「そ、それは……そうかもしれませんが……」

エルヴィスは言葉を詰まらせる。見れば、周囲の騎士たちまで引きつった顔をしていた。

「付け焼刃で、鍛えた相手に勝てるはずがありません。いかに相手を怯ませ、逃げるかが重要なのです。相手に情けなど、わずかたりともかけてはなりません」

「……」

ハリエットの迫力に圧され、誰も何も言えなかった。

「どのような相手や状況だろうと言えることですが、とにかく相手の弱点を狙ってください。下手な同情は命取りとなります。正々堂々なんて、そんなのは試合だけの話で、現実には通用しません。卑劣で結構。生き延びるために手段を選ばず、あらゆる手を使ってください」

「ええと……そ、そうなのですね……」

セシリアは戸惑いながらも相槌を打つと、ハリエットがにっこりと笑う。

「ええ。もちろん、実際に実行するのは簡単ではありません。ですから、そういう気持ちを持っておくということです。大切なのは自分の身を守ることですから、その点は忘れないようにしましょう。殺られる前に殺れ、です」

笑顔で物騒なことを言い放つハリエットに、セシリアはどう反応していいかわからなかった。

周囲を見ると、みんなが固まっている。

「ハリエット、ここにいた……何なんだ、この空気は……」

そこにディランが現れ、戸惑った様子を見せる。

すると、ハリエットはすぐにディランのもとへ駆け寄っていった。

「何かありましたか?」

「いや……ちょっと、話が……あったんだが……」

騎士たちの視線がディランに集中していることに気付いて、彼は困惑しているようだ。

ハリエットはそれを聞いて、少し困ったような表情を浮かべる。

「今、セシリア姫に護身術をお教えしているところで……」

「あとは私が教えますので、大丈夫ですよ。ハリエット嬢は、ディラン王子とごゆっくりお過ごしになってください」

すかさずエルヴィスが笑顔で告げる。するとハリエットはわずかに頬を染めながら、小さく頷いた。

「……そうですね。では、失礼します」

そう言って頭を下げると、ハリエットは戸惑うディランを引きずるようにして、訓練場を出ていった。

その後ろ姿を、騎士たちが同情の眼差しで見送る。ディランに対する憐れみが、彼らの中に広がっているようだ。

セシリアは彼らの様子を眺めて、首を傾げる。

「どうしてみなさま、あのようにディラン王子を見ていますの？」

「……彼の行く末を案じているのでしょう」

エルヴィスは苦笑しながら答える。

「行く末、ですか？」

「ええ。まあ、今は気にしないほうがいいでしょう」

エルヴィスは微笑むと、セシリアの手を取った。そして優しく握ると、その場から立ち去るように促す。

「さあ、セシリア。今度は私がお教えしましょう」

「はい」

セシリアは微笑んで、エルヴィスと共に歩き出した。

訓練場の端まで行くと、エルヴィスは足を止める。

「……護身術を身につけることは、悪いことではないと思います。しかし、どうしても不安なのです。下手にかじったことにより、余計危険な目にあうのではないかと……」

「そうですわね……己を過信して、自ら危険に飛び込んでしまっては本末転倒ですものね。でも、ただの備えですわ。護衛は今までどおりつけますし、心配ありませんわ」

「はい……あなたが短慮なことをしないとはわかっていますが、それでも心配なのです。どうか、無茶だけはしないでくださいね」

「わかりました。ありがとうございます」

　真剣な眼差しを向けるエルヴィスに、セシリアは安心させるようやわらかく笑いかける。その笑顔を見て、エルヴィスはようやく安堵したようだ。

「それに、下手にかじるのではなく、しっかりと身につければよいのですわ。先ほどのハリエット嬢のお話、聞いたときは少しびっくりしましたけれど、ああいう心構えは必要ですわね。見習いたいと思いますわ」

「……そうですね」

　エルヴィスは複雑そうな顔で相槌を打つ。

「ところで、どうして護身術を学びたいと思ったのですか？」

　話を変えるように、エルヴィスがそう切り出す。

「それは……」

　セシリアは言いよどむ。もともとは、エルヴィスと釣り合っていないと思ったことがきっかけで、少しでも大人びて見えるように運動をしたいと考えたのだ。だが、それをそのまま伝えるのは恥ずかしかった。

「どうしたのですか？　まさか、何か悩み事でもあるのですか？」

セシリアが答えられずにいると、エルヴィスが顔を曇らせる。

「いえ、あの、そういうわけではないのです。ただ、ちょっと……」

「ちょっと？」

「その、何と言いますか……」

「もしかして、私に言えないような内容なのでしょうか？」

エルヴィスが眉根を寄せた。とても悲しげな表情にセシリアの胸が痛み、とうとう観念する。

「……あなたと釣り合うため、です」

「え……」

セシリアの言葉に、エルヴィスは目を見開く。

「あなたの隣にいても、恥ずかしくないようにと……」

「セシリア……！」

感極まった様子で、エルヴィスがセシリアを抱き寄せる。突然のことに驚きつつも、セシリアは彼の腕の中でおとなしくしていた。

「なんていじらしいことを……！　私のことを考えて、そのような行動に……私は幸せ者ですね……」

「そ、そんな大げさなことでは……」

「いいえ、むしろ、私のほうがあなたと釣り合っていません。あなたの美しさを前にして、平静を保つことなどできません。いつも、あなたに見惚れてしまいそうになる自分を必死に抑えているのですから」

「え……」

エルヴィスの言葉を聞き、セシリアは頬を染める。

「本当は、もっと触れ合いたいと思っています。できることなら、ずっと抱き締めていたい。その美しい瞳に映るのが自分だけであれたらと、願ってしまいます。誰にも見せたくない、閉じ込めておきたいと……」

熱のこもった声で囁きながら、エルヴィスがセシリアの顔を上げさせた。彼女の頬を両手で包み込み、潤んだ瞳を見つめる。

「愛しています、セシリア」

エルヴィスは切なげな声音で告げると、ゆっくりと唇を重ねてきた。

最初は軽く触れるだけだった口付けは、次第に深くなっていく。

角度を変えながら何度も口付けをされると、セシリアはだんだんと息苦しさを覚え始めた。

このままでは窒息してしまうと思い、セシリアは小さくエルヴィスの背中を叩く。すると、彼は名残惜しそうにしながらも唇を解放してくれた。

「はぁっ……」

ようやく解放されて、セシリアは大きく呼吸をする。すると、エルヴィスはくすりと笑みを浮かべて、再び覆い被さるようにして抱き締めてくる。

「セシリア……」

耳元で甘く名前を呼ばれ、ぞくりとした感覚がセシリアを襲う。

思わず身を震わせると、エルヴィスはセシリアの首筋へと顔を埋めた。

「あっ……！」

首筋に触れた吐息がくすぐったくて、反射的にセシリアは戸惑った声を上げる。

その反応を楽しむように、エルヴィスは何度もそこに口付けを落としていく。

「や、だめ……」

首を振って逃れようとするが、エルヴィスから逃れることはできなかった。それどころか、ますます強く押さえつけられてしまう。

「んぅ……」

くぐもった声を漏らしながら、セシリアはこういうときはどう対処すればよいのか考える。混乱する頭に浮かんだのは、先ほどのハリエットの言葉だった。

「手に力を込めて……握り潰す……」

記憶にある内容をただなぞって呟いただけなのだが、次の瞬間、エルヴィスの動きがぴたりと止まった。

不思議に思って見つめると、エルヴィスの瞳には怯えのような色が浮かんでいた。彼のこのような表情を見るのは、初めてだ。

「エルヴィス……？」

「……申し訳ありません。調子に乗ってしまいました」

不安になって名前を呼ぶと、エルヴィスは謝罪してセシリアから離れた。そして、困ったように微笑む。

「あなたがあまりにも可愛らしかったもので……。どうか、許してください」

「い、いいえ、別に怒ってなどいませんわ。ちょっとびっくりしただけで……」

セシリアの返事を聞き、エルヴィスはほっと安堵の息をつく。それから、彼は何かを決意したように顔を引き締めた。

「……早く結婚式を挙げましょう。陛下を急かしてきます」

「え……」

唐突な発言に、セシリアはぽかんとしてしまう。結婚式を早く挙げるというのは、セシリアの望みでもある。しかし、何故今この場でそのような話になるのだろうか。

困惑するセシリアをよそに、エルヴィスは話を進めていく。

「では、私はこれから城に行ってきます。すぐに片付けて戻ってきますので、少しの間待っていてくださいね」

「あの、エルヴィス?」

呼び止める間もなく、エルヴィスは立ち去っていってしまった。

「護身術……」

一人残されたセシリアは呆然としたまま、ぽつりとそうこぼした。

番外編３　セシリアのお出かけ

ディランとハリエットがローズブレイド邸を去ってから、セシリアもエルヴィスも結婚準備で忙しくしていた。

「ずっと屋敷に閉じこもりっぱなしで、疲れていませんか？　気晴らしに、一緒に出かけてみるのはいかがでしょうか」

　そのようなあるとき、エルヴィスがこう言い出したのだ。

「まあ、いいですわね。どこに行きましょうか」

　セシリアはすぐに頷いた。結婚式の準備は嬉しいことだったが、ローバリーの客人たちが滞在していた頃から、ほとんど屋敷から出ていなかったのだ。さすがに少し息抜きをしたくなったところだった。

「街で買い物をするというのはどうでしょう？　先日、お贈りしようとした美容品ですが、どうせでしたら直接選んでみてはいかがですか。それから、街を散策しましょう」

「それは楽しそうですわね！」

　セシリアが喜ぶと、エルヴィスも嬉しそうな顔になった。

「では、明日にでも出かけましょうか」

　エルヴィスの提案により、次の日の外出が決まったのである。

　ところが翌日の朝、エルヴィスは王城に呼び出されてしまった。

「知らないな。私はセシリアと約束がある。明日にしろ」

　王城からの使いに対し、エルヴィスはそっけなく返す。使いの者の顔が青ざめていた。

「それが……陛下からのお呼び出しなのです。ぜひご同行いただきたいと……」

「断る。私には用事などない」

　冷たく断るエルヴィスを見て、セシリアは慌てて口を挟んだ。

「エルヴィス、行ってあげてくださいませ。私でしたら大丈夫ですわ」

「しかし……」

　渋るエルヴィスに、セシリアは微笑みかける。

「それに、きっと何か急なお仕事があったのですわよ。そちらを優先しなければいけませんわ」

「……わかりました。では、先に街に行っていてください。なるべく早く片付けて、私もそちらに向かいます」

「はい、お待ちしていますね」

　セシリアが笑顔を向けると、エルヴィスも安心したように笑った。そして、セシリアに何度も頭を下げる使いの者と共に、王城へと向かっていく。

　残念ではあったが、仕方がない。それに忙しいエルヴィスを、彼とは縁遠いであろう美容品の店に付き合わせることは、少し申し訳なさもあった。

先にセシリアが一人で買い物を済ませて、それからエルヴィスと合流して散策するのは、かえってよかったのかもしれない。

前向きに考えることにして、セシリアは護衛を連れて街へと向かった。


貴族街にある、王都で一番大きな通りには、多くの店が軒を連ねている。通りに面した建物は、どれも豪華な造りだ。どの店のショーウィンドウにも美しいドレスや宝石類が飾られていて、見ているだけでも楽しくなる。

セシリアは目移りしながら、気になる店を覗いて歩いた。ちょっとした小物を買ったり、美味しそうなお菓子を見つけたりしているうちに、あっという間に時間は過ぎていく。

気が付けば、太陽の位置が高くなっていた。そろそろ目的の美容品を買いに行くべきだと、セシリアは足を速める。

やがてたどり着いた美容品店は、高級感あふれる外観をしていた。扉を開けるとすぐに店員が現れ、うやうやしく挨拶される。

「ようこそおいでくださいました」

セシリアの姿を見た店員が、個室に案内してくれた。そこはゆったりとしたソファが置かれた応接室で、落ち着いた雰囲気の場所だった。

しばらくするとお茶が出され、それを飲みながら待っていると、奥の部屋から店主が現れた。

「本日はどのようなご用向きでしょうか？」

愛想の良い笑みを浮かべる店主に対して、セシリアは笑顔で答える。

「こちらのお店で扱っている商品を見せていただきたいと思いまして」

「かしこまりました」

店主はうやうやしく礼をして、一度部屋を出ていった。そして、いくつかの箱を持って戻ってくる。

「当店の自慢の品々になります。どうぞご覧になってください」

テーブルの上に並べられたのは、様々な種類の化粧水やクリームなどだった。どれも上品なデザインをしている。

「まあ、綺麗だわ……あら？」

その中に、セシリアは見覚えのあるものを見つけた。以前、間違って届けられたという、若返りの美容品だ。その容器を手に取ってみる。

「そちらは、若返りの効果があると評判になっております。お客さまには必要ないかもしれませんが……」

苦笑する店主の言葉を聞きつつ、セシリアはその瓶を眺めていた。

間違って届けられたと言っていたが、この店の品だったのだろうか。それとも、別の店でも取り扱っているのだろうか。

「お客さまには、こちらをおすすめいたします」

店主がそう言って、淡い薔薇色の液体が入った瓶を取り出したので、セシリアはそちらに視線を向けた。

「こちらは限定販売の品になります。人気がありすぎて、なかなか手に入りにくいものでございます。店頭には並んでおりません」

「まあ、そうなんですの」

「ええ。どうぞ、お試しになってみてください」

すすめられるがままに、セシリアは瓶の蓋を開けてみた。ふわりと香るのは花の香りだ。そっと匂いを嗅いでみると、甘く優しい香りが鼻腔を満たしていく。

「とてもよい香りですわね」

「はい。心を落ち着かせる効果があります。クリームもご用意しておりますので、よろしければこちらもぜひお試しください」

「ええ、では……」

こうしてセシリアは、いろいろと試しつつ、気に入ったものをいくつか購入した。

買い物を終えて店を出ようとしたとき、セシリアはふと振り返って店内を見回した。

すると、見たことのある人物がいることに気付く。セシリアが思わず足を止めると、相手もこちらの存在に気付いたようだ。

「まあ、セシリアさま！」

「……モニカさま？」

声をかけてきたのは、学園で同級生だったモニカだ。彼女は嬉しそうに笑うと、優雅な仕草で一礼する。

「こんなところでお会いできるなんて！　お元気ですか？　学園にいた頃よりも、ずっとお綺麗になりましたわね！」

「ありがとうございます」

褒められて、セシリアははにかみながら答えた。モニカは物怖じしない性格で、学園にいた頃もよく話しかけてきていたのだ。

「聞きましたわ！　ローズブレイド公爵さまと、ローバリー国のディラン王子が、セシリアさまを巡って決闘なさったんですってね！　素敵ですわぁ……」

「えっ……!?」

頬に手を当てて目を輝かせるモニカに、セシリアは驚いてしまった。巡って争っていたのは間違っていないが、決闘まではしていない。

「いいえ、違いますわ。決闘ではなくて……」

訂正しようとするが、興奮気味のモニカはさらに詰め寄ってきた。

「それで、どちらが勝利したのです？　やはりローズブレイド公爵さまでしたか？」

「ですから……決闘では……」

「ああ……ローズブレイド公爵さまはもちろん、ディラン王子も素敵ですものね……どちらも魅力的な殿方で、迷ってしまいますわ……どうしましょう……！」

「あの……」

「モニカ、いい加減になさい。大声で迷惑よ」

なかなか話を聞いてくれないモニカに困っていると、別の女性の声が聞こえてくる。そちらを見ると、二十代半ばほどの女性が立っていた。

「あら、お義姉さま」

どうやらこの女性は、モニカの義姉らしい。セシリアはほっとして息をつく。

「申し訳ありません。つい興奮してしまいまして」

モニカは自分の行いに気付き、恥ずかしそうに謝った。それから改めて、セシリアに向かって頭を下げる。

「失礼いたしました。セシリアさまとお話ができて嬉しいあまり、調子に乗ってしまいました。どうかご容赦ください」

「気になさらないでください。私も久しぶりにモニカさまに会えて嬉しいですもの」

セシリアが微笑んで返すと、モニカはぱっと顔を明るくさせた。

「本当ですか？　それならよかったですわ。今日は兄嫁と一緒に、買い物に来ていましたの。セシリアさまはどなたかといらっしゃいましたか？」

「いえ、本当はエルヴィスと一緒に来るはずだったのですけれど……」

「まあ、一人でふらふらと出歩くなんて、慎みが足りないのではありませんこと？」

セシリアの言葉を遮り、棘のある声が割り込んでくる。モニカの義姉が眉間に皺を寄せ、冷たい眼差しでセシリアを見下ろしていた。

「ローズブレイド公爵邸に入り浸っていらっしゃるそうですわね。すでに女主人気取りだと噂が聞こえてきますわ。いくら婚約者とはいえ、慎みというものがございませんの？」

その言葉に、セシリアはぽかんとしてしまった。まさか初対面の相手に、そのようなことを言われるとは思わなかったからだ。

ただ、内容には納得できる部分もあった。女主人気取りというのは、間違っていないかもしれない。セシリアにとってローズブレイド家というのは、もはや自分の家なのだ。エルヴィスも使用人たちも、それが当たり前のように接してくる。

「そのように慎みのない方だから、隣国の王子をたぶらかすような真似をされるのでしょうね。まったく、恐ろしいことですわ」

「お義姉さま、さすがにそれは言い過ぎでは……」

「モニカは黙っていてちょうだい。私は今、こちらの方にお話をしているの」

義姉の言動に、モニカはおろおろしている。それでも、止めようとしてはいるようだ。

しかし、セシリアはふっと笑ってしまった。

「ふふ、面白い方ですのね」

「……何がおかしいのかしら」

セシリアの反応が予想外だったらしく、モニカの義姉は少しだけ驚いた様子を見せた。

「私の行動について、いろいろとご心配くださったみたいで、ありがとうございます。でも、ご安心くださいませ」

セシリアは穏やかな口調で言った。

「あなたには、一切関係のないことですわ。今後とも、お気になさらず」

きっぱりと告げると、モニカの義姉は呆然と目を見開く。そして、みるみるうちに顔色を変えた。眉間の皺が深くなり、唇がわななく。

「なっ……なんですの、その言い方は！　私がせっかく忠告してあげているというのに……！」

「いえ、別に頼んでおりませんし、必要もありませんわ」

セシリアは淡々と答える。すると、さらに怒りが増したようで、モニカの義姉の顔は赤く染まっていった。

「こ、こんな失礼な態度を取るなんて！　信じられない！　こんな方が婚約者だなんて、エルヴィスさまがお気の毒ですわ……！」

「店の中で大声を出しては、迷惑ですよ」

そのとき、低く落ち着いた声が響く。セシリアが振り返ると、そこにはエルヴィスがいた。

「お待たせしました、セシリア」

「エルヴィス……！」

セシリアが名前を呼ぶと、エルヴィスは穏やかに微笑む。それから彼は、モニカの義姉に視線を移した。

「これは、どういった状況でしょうか？」

「エ、エルヴィスさま……？」

突然現れたエルヴィスに、モニカの義姉は動揺していた。だが、悪びれる様子もなく、その口元に浮かぶのは嬉しそうな笑みだ。

「お久しぶりですわ、エルヴィスさま。覚えておいででしょうか？　学園で同級生だった……」

「あいにくですが、記憶にありませんね」

相手の言葉を遮り、エルヴィスはあっさりと答えた。その瞬間、モニカの義姉の笑顔が固まる。

セシリアはそれを眺め、彼女がどうして突っかかってきたのかわかったような気がした。

しかし、モニカの義姉――兄嫁ということは、すでに彼女は結婚しているはずだ。それなのに、未だにエルヴィスに未練があるらしい。

「そ……そんな……！　ひどいですわ、エルヴィスさま……。私、ずっとあなたのことを忘れずにいたのに……」

悲しげに目を潤ませるモニカの義姉に対し、エルヴィスは何も感じていないようだ。相変わらずの無表情で、彼女を見ている。

「そうですか。それで、何かご用ですか？」

「え？」

「私は愛しい婚約者との時間を邪魔されたくないのですが。もうよろしいですか？」

「……っ」

エルヴィスの言葉に、モニカの義姉は息をのんだ。それから悔しげに顔を歪め、踵を返して歩き出す。

「も……申し訳ございません、セシリアさま、ローズブレイド公爵さま！　お義姉さまがとんだご無礼を……！」

モニカが慌てて二人のもとに駆け寄り、頭を下げた。

セシリアは微笑んで首を横に振る。モニカに対しては、大変だなと同情しかなかった。

「構いませんわ、モニカさま。気にしないでくださいね」

「は、はい……」

「それでは、私たちはこれで失礼しますわ。ごきげんよう」

セシリアはそう言って、エルヴィスと一緒に店を出て行った。

「潰しておきましょう」

店を後にした直後、エルヴィスがさらりと口にする。

セシリアは思わず苦笑いを浮かべてしまった。

「まあ、物騒なことを言わないでください。あんな方のために、エルヴィスの手を汚す必要はないでしょう？」

「……セシリアは甘いですね」

「いいえ、あんな方のためにエルヴィスの時間が奪われるのが嫌なだけですわ」

はっきりと言い切ると、エルヴィスはわずかに目を見開いた。そして、小さく笑う。

「確かに、あなた以外の女性のために時間を割くことほど、無駄なことはありませんね。では、放っておきましょう」

「ええ、それが一番ですわ」

セシリアは頷いた。無礼な振る舞いに少し腹は立ったが、エルヴィスが冷たすぎて、むしろかわいそうなくらいだった。

もしかしたら、また絡んでくるかもしれないが、そのときはそのときだ。

「それにしても、私とディラン王子が決闘ですか。傑作ですね。本当にそうしていればよかったかもしれません」

「まあ……そこから聞いていましたの」

「もちろんです」

「……」

セシリアはため息をつく。

どうやら、先ほどのやり取りの一部始終を見られていたらしい。

「本当はもっと早くに出ていくつもりでしたが、あなたがあまりに堂々としていたので、つい見入ってしまいました」

「それは……恥ずかしいところを見られてしまいましたわね」

「いえ、とても立派でしたよ。さすがは私の婚約者だと誇らしく思います」

「まあ」

照れくさくなって、セシリアは頬に手を当てた。すると、エルヴィスが手を伸ばしてくる。

「セシリア、こちらへ来てください」

「……っ」

急に腰を引き寄せられ、セシリアはどきりとした。エルヴィスの胸に顔を押し当てるような形になり、心臓が高鳴る。

「ふふ……セシリア、顔が赤いですよ」

「も、もう、からかわないでください」

セシリアが抗議するように言うと、エルヴィスはくすりと笑った。

「申し訳ありません。でも、褒められたときの顔も可愛いと思ってしまいまして」

「……っ」

そんな風に言われたら、何も言い返せなくなってしまう。セシリアは真っ赤になった顔を俯かせた。

「あの……エルヴィス？」

「はい？」

「その……いつまでこうしているのでしょうか？」

「ああ、失礼しました。あまりにも可愛かったので、つい」

エルヴィスは謝り、ゆっくりとセシリアの体を離した。

セシリアはほっとすると同時に、名残惜しいとも思ってしまう。

「それでは、そろそろ行きましょうか」

「はい……」

セシリアは素直に返事をする。そして、二人で並んで歩き出した。


それからしばらく二人で散策を楽しみ、馬車に乗り込んだ。向かい合って座ったところで、セシリアはふと思い出す。

「お城での用事は、無事に終わりましたの？」

「はい。問題なく」

「それはよかったですわ」

ほっとして、セシリアは微笑む。ずっとエルヴィスは忙しく、先日は顔色もよくなかったので、心配だったのだ。しかし、今は肌もつやつやかで、目の下の隈もない。

セシリアは安堵しながら、じっとエルヴィスを見た。

「どうかしましたか、セシリア？」

「いえ……とても肌つやがよいなと思いまして」

「……それは、あなたとの結婚式を控えていますからね。心躍っているためでしょう」

「まあ……」

セシリアは頬に手を当て、少し照れてしまう。そんな風に思ってもらえるなんて、とても嬉しいことだ。感動のため、セシリアはエルヴィスの一瞬の間には気付かなかった。

「セシリアも、ますます美しくなりましたよ。今日は、よい美容品がありましたか？　いつもより輝いているように見えます」

「ええ、ありましたわ。そういえば、先日間違って届けられた若返りの美容品も見かけましたわ。さすがに買いませんでしたけれど……」

「ああ、あれは本当に効果がありますからね」

「え……？」

セシリアはきょとんとした。まさか、エルヴィスは使ったことがあるのだろうか。

しかし、エルヴィスの指がそっと伸びてきて、セシリアの唇に触れる。その感触にどきりとし、疑問など吹き飛んでしまった。

「この唇も、さらに艶めいて美しいですよ。いつまでも触れていたくなるくらいに」

「……っ」

甘く囁かれ、セシリアの心臓が跳ねる。頬が熱くなり、鼓動が速くなった。

「セシリア……」

エルヴィスの手が、セシリアの顎に添えられる。そのまま上向かせられ、彼の端整な顔が近付いてきた。期待で胸が高鳴り、セシリアは瞳を閉じる。

やがて、優しく触れるだけの口付けが与えられた。何度も角度を変えて繰り返され、次第に深くなっていく。

「ん……エルヴィス……」

セシリアはうっとりと名前を呼んで、エルヴィスにしがみついた。すると、ぎゅっと抱き締め返される。

幸せな気持ちになりながら、セシリアはこのままずっとこうしていられたらと思った。

しかし、馬車の中だということを思い出し、慌てて少し離れる。

「そ、そろそろ着きそうですわよね……」

「そうですね。名残惜しいですが、続きはまた今度」

「ええ……そうですわね……」

二人は見つめ合い、どちらともなく笑みを浮かべる。それからもう一度だけ軽く口付けて、離れた。

馬車が止まり、扉が開かれる。先に降りたエルヴィスが手を差し出し、セシリアはその手に自分のそれを重ねた。

「お帰りなさいませ、旦那さま、セシリアさま」

使用人たちに出迎えられ、二人は屋敷に入る。

これからもきっと、こんな風に穏やかな日々が続くだろう。セシリアは幸せを感じながら、エルヴィスの隣で微笑んだ。

本書に対するご意見、ご感想をお寄せください。

あて先

〒162-8540 東京都新宿区東五軒町3-28
双葉社　Mノベルスｆ編集部
「葵すみれ先生」係／「林マキ先生」係
もしくは monster@futabasha.co.jp まで

悪役令嬢《あくやくれいじょう》は、婚約破棄《こんやくはき》してきた王子《おうじ》の娘《むすめ》に転《てん》生《せい》する～氷《こおり》の貴公子《きこうし》と契約婚約《けいやくこんやく》して「ざまぁ」する筈《はず》なのに、なぜか溺愛《できあい》されています!? ②

2023年3月13日　第1刷発行

著　者　葵《あおい》すみれ

発行者　島野浩二

発行所　株式会社双葉社
〒162-8540　東京都新宿区東五軒町3番28号
［電話］03-5261-4818（営業）　03-5261-4851（編集）
http://www.futabasha.co.jp/（双葉社の書籍・コミック・ムックが買えます）

印刷・製本所　三晃印刷株式会社

［電話］03-5261-4822（製作部）
ISBN 978-4-575-24611-7 C0093　